U0923284

抒情诗二

普希金文集

上海译文出版社

ПОЛНОЕ СОБРАНИЕ СОЧИНЕНИЙ II

冯 春——译

А. С. ПУШКИН

目 次

一八一六

一八一七（皇村学校）

一八一三——八一七

一八一七（皇村学校之后）

一八一八

一八一九

一八二〇（彼得堡）

一八一七—一八二〇

一八二〇（南方）

一八一六

*　*　*

明晨我将持一文钱的蜡炬，
来到神像的前面谢恩：
我的朋友！我还是一个活人，
险些成了镰刀下的死鬼。
萨宗诺夫[①]曾是我的仆役，
彼舍里[②]则是我的医生。

① 萨宗诺夫是皇村学校的校工，因抢劫杀人而被捕。
② 彼舍里是皇村学校的校医。

胡　子

（哲理颂诗）

一个骠骑兵笑得好神气，
眼睛瞟着拳曲的胡子，
用手指捻着成卷的胡须；
一个剃光胡子的智叟，
不以为然轻摇着他的头，
对蓄胡子的兵边说边叹气：

“骠骑兵，月光下万物都将衰亡，
就像波浪一浪接一浪，
王朝和世纪一个个消失。
告诉我，巴比伦城墙在哪里？
克里昂[①]平庸的戏剧谁知悉？
时间的长河总匆匆流去。

“把你的胡子卷到耳后边，

① 虚构的戏剧家名字。

洒上葡萄酒和朗姆酒添香，
为自己年轻英俊而得意，
他不用剃刀，只是常常
用买来的染发剂把胡子抹亮，
再用手和梳子把胡子梳理。

“为了不弄乱潇洒的胡子，
要像对待赫沃斯托夫[①]的颂诗，
夜里小心把它包包好，
千万别把鼻子对着枕头，
睡梦中要把它好好伺候，
到早晨再重新把它捻好。

“在迟迟不散的欢乐晚宴中，
在一群头发花白的骠骑兵
和胡子乌黑的好汉圈子里，
快乐的宾客、热恋的情人
在为谁的健康而碰响酒瓶？
为战马，为美人，还为胡须。

“残酷的战斗就要开始，
炮弹在队伍当中炸起，
而你骑在威风的马鞍上，
并没有丧失理智和记忆，

① 赫沃斯托夫，“俄罗斯语文爱好者座谈会”诗人。

你首先抓住拳曲的胡须，
然后把忠实的马刀高扬。

“为一种奇妙的力量所支配，
你正和可爱的美人儿幽会，
你筋疲力尽——把手伸出去，
在享受淫乐的狂喜之中
任意游走于美人的酥胸，
一只手捻着威严的胡须。

“你神气吧，骠骑兵，可永远记牢，
世上的一切都将瓦解冰消，
泯灭一切的时间在飞驰，
鲜艳的红颜会变得枯黄，
绺绺的青丝会变成秋霜，
暮年将损害所有的胡子。”

致维亚泽姆斯基公爵[1]函摘抄

这样的人有福了，他在闹市里
向往着独自幽居的乐趣，
在远离闹市的地方他只看见
荒野、花园和乡村的民居，
有一片幽静树林的山峦，
有一条小溪在奔流的山谷，
还有……牧放牛羊的景致！
这样的人有福了，他能和好友们
围桌而坐，直到人静更深，
用俄罗斯人的诗歌嘲笑
那一群斯拉夫派的蠢人[2]；
这样的人有福了，他不为农舍
而离开繁华热闹的莫斯科……
不是在梦中，而是清醒时
把自己的恋人抚爱亲热！……

---

① 即彼·安·维亚泽姆斯基（1792—1878），俄国诗人，普希金的朋友。
② 指“俄罗斯语文爱好者座谈会”成员。

致瓦·里·普希金函摘抄

福玻斯的门徒基督复活了！
上帝保佑靠上天的仁慈
让理性也在俄罗斯复活；
它不知怎么，似乎已消失。
上帝保佑，让普天之下
复活和平与安宁的欢乐，
让那些可敬的科学院院士
都能够从长眠之中复活；
在我们这个罪恶的时代
愿祖先的美德得以复活，
为了和希赫马托夫[①]们作对，
愿复活一个新的布瓦洛——
他是分裂和愚蠢的见证；
和他在一起会有更多的

① 希赫马托夫，“俄罗斯语文爱好者座谈会”诗人。

白银，更多的黄金等等[1]。

　那些死亡的散文和诗歌，
可千万别让它们复活。
别让已故的鲍布罗夫[2]先生
复活，他已被置诸脑后，
只配受某些记者的吹捧，
还有已故的诗人尼科列夫，
不安分的赫沃斯托夫伯爵，
所有混迹人间的人物，
他们都写得那么艰涩，
也就是写得又冷漠又费解，
真是不知羞耻又罪过。

---

① 原文为拉丁文。
② 谢·谢·鲍布罗夫（1763—1810），俄国神秘主义诗人。

致奥兰斯基王子[①]

战场上的炮声早已掠过，
血淋淋的利剑已经砍钝，
死神扇动毁灭的双翼，
在世界上发出威胁的响声！

大功告成……欧洲君主们的
目光奠定了坚实的和平；
强大的攻势再一次用枷锁
将那被推翻的强盗[②]严惩。

他亲眼目睹莫斯科的大火，
世界的灾难已被扫除，

---

① 即威廉·奥兰斯基（1792—1849），后来的荷兰国王，此时他来彼得堡和亚历山大一世的妹妹安娜·巴甫洛夫娜举行婚礼。老诗人涅列金斯基-梅列茨基因感到无力写好颂诗，故托普希金写此诗，献给玛丽亚·费多罗夫娜皇后为在巴甫洛夫斯克送别奥兰斯基举行的典礼。

② 指拿破仑一世。

幸福的沙皇[1]穿过的紫袍
覆盖着这被推翻者的头颅。

在黑茫茫的昏暗中他利令智昏，
突然发动了疯狂的叛乱，
建立了朝不保夕的皇权……
终于倒台，和全世界离断。

一切都静息了。炮火不再飞驰，
不再闪动血淋淋的利剑，
战争也不再扇动双翼，
用毁灭去威胁全世界的安全。

年轻的英雄，我赞美你啊！
你和阿尔比恩的神奇英雄[2]
率领军队投入最后一战，
为波旁王朝的百合花[3]雪恨。

叛军的大炮在你面前轰响，
血染的盾牌在你后面奔忙，
你在战火中有如风暴，
到处放射着荣誉的光芒。

---

① 指亚历山大一世。“幸福的”是沙皇亚历山大一世的称号。
② 阿尔比恩是英格兰的古称。神奇英雄指英国统帅威灵顿（1769—1852），以指挥滑铁卢战役打败拿破仑闻名。
③ 指波旁王朝的徽章。

你流下了年轻战士的鲜血，
你身上闪耀着光荣的伤口，
爱情啊，用花冠送上奖赏！
你无愧于复仇勇士的称号。

梦

（片 段）

让诗人到处去烧香求告，
百般追逐幸福和声名吧，
上流社会可怕，我暗淡的一生
将从荒凉的小径默默地打发。
让歌手们用响亮的赞美
去祝愿神仙们万寿无疆，
我只轻声歌唱，不让响亮的琴弦
打扰我那幽静的书房。
让奥维德们去歌唱爱情吧，
西色拉女皇①不给我安静，
爱神不为我编织幸福的日子：
我要歌唱莫耳甫斯②的厚礼——幻梦，
我要教会你们在静谧中安睡，
沉浸在愉快而深沉的梦中。

---

① 指罗马神话中的维纳斯，即希腊神话中的阿佛洛狄忒。西色拉岛是供奉女神阿佛洛狄忒的地方。有时西色拉也作维纳斯或阿佛洛狄忒解。
② 希腊神话中的梦神。

来吧，慵懒！来到我的幽居。
凉爽和宁静在把你召唤；
我只把你看作自己的女神；
准备好和妙龄贵客做伴。
这里静悄悄：令人厌烦的喧闹
已消失在门外；在明亮的窗上
挂下了光洁透亮的窗帘，
在一向昏暗的壁龛上边，
只透进一片朦胧的日光。
这是我的沙发；快光临我的幽居；
你是女皇，我愿向你归顺。
愿你手把手地教导，一切
都是你的：色彩、画笔和诗琴。

而你们，我迷人的缪斯的朋友，
你们已把爱情的枷锁忘记，
你们当然要宁静的梦乡，
而宁可放弃对土地的统治，
啊，哲人们，我会叫你们惊奇，
如今我要用诗歌的花环
去装点莫耳甫斯的宝座，
我只为你们讴歌安恬。
请你们宽宏大度含笑
倾听这安乐之道——我的诗篇。

在大自然安排的安乐时刻，

在静谧的夜晚，万籁俱寂，
你们是不是每一次都情愿
迷醉在奇思妙想的怀抱里？
快点到宁静的乡村住所去吧，
那里可以悠闲而快乐地生活，
简直是天堂，但要离开城市，
那里懒汉的吵闹总把人折磨。
不错：在城里可以整天
同美女捕捉快乐的影子；
在上流社会打哈欠、出风头，
晚会时在嵌木地板上旋转，
但难道能畅饮梦乡的欢愉？
夜幕降临——被夜晚的幻影
所迷惑，我已快要睡着，
突然，在街灯的亮光底下，
一辆疯狂的四套马车
隆隆响着金色的车轮，
傲慢从我窗前疾驰而过。
我又打起瞌睡，街上又震动起来，
娱乐正奔赴无聊的舞会……
天哪！难道在这里睡觉
就是为了在通宵失眠中受罪？
又在震响，可天已拂晓，
梦在哪里？在乡村岂不更好！
那里小树林的树叶在颤动，
牧场上有流水神秘的喧闹，

金色的田野、谷地一片寂静，
乡村里一切都能让你睡好觉。
啊，甜蜜的梦，没有什么来打扰，
只有被朝霞唤醒的公鸡
也许会发出刺耳的啼叫，
要提防，别让它从梦中惊醒你。
因此，就让那些母鸡的苏丹
远远关在后宫里自鸣得意，
或者唤醒农夫去耕田：
亲爱的朋友们，我们要安睡。
这样的人百倍有福了：他能够
远离京城、马车和公鸡而入寐!
但您别以为在宁静的乡村，
不费任何力气就能够享受
快乐夜晚中睡梦的甜蜜。
那么需要什么？——活动，诸位!

　慵懒值得赞许，但一切都有限度。
请看： 在床铺上白了头的克里特，
一个受尽折磨的痛苦的病人，
一生在痛风与忧愁中度过。
天亮了，不幸的人气喘吁吁，
呼哧着，从床边爬到沙发上，
整天坐着；当夜雾在漆黑的夜色中
慢慢扩散，笼罩着世界，
克里特又从沙发爬上眠床。

不幸的人怎样度过一个夜晚？
在安详的梦中，在愉快的梦境？
不！梦在他不是快乐而是折磨；
不是用罂粟，而是用沉重的手，
莫耳甫斯合上他的眼睛，
在令人烦恼的夜晚，可怜人
真是度夜如年，万分苦痛。
我不愿像共同的朋友贝尔舒①，
要你们去从事强体力活动：
扶犁去耕地，在狩猎中取乐。
不，我要请懒汉来树林里：
我的朋友，这里的早晨魅力无穷！
在宁静的田野，透过神秘的林荫，
绚烂的白昼在骄傲、明亮地闪动！
天色渐渐明亮；流水潺潺，
后浪逐前浪，寂静的河岸在闪光；
鲜嫩的青草上还滚着露珠；
金色的湖泊里沉睡着波浪。
请拿起你的手杖，我的朋友！
到树林里去，到谷地去走动，
哪怕累倒在陡峭的山巅，
漫长的夜里你将有个深沉的梦。

只等夜幕在天边垂挂，

① 贝尔舒（1765—1839），法国诗人。

就让我们生活的欢愉光临，
快乐之神举着斟满的大杯，
酒神哪，请带随从来主宰我们。
朋友们，请和他们适度地饮宴：
把咝咝冒泡的红色葡萄酒
满满地、满满地斟上三杯，
但那鼓起双颊、胖乎乎的
科摩斯[①]请别来敲我们的门扉。
我喜欢他，但只在午餐的时候，
在中午我会友好地接受
他的馈赠，但是说实话，傍晚时
我宁愿和他的芳邻交朋友。
不吃晚饭[②]——神圣的规矩，
想做个好梦的人一律遵照。
要当心，英明的慵懒的子孙，
要提防舒服那骗人的外表。
白天别睡觉，唉，糟了，糟了，
如果习惯于睡几小时午觉！
有什么舒服？只觉得迷糊。
酣畅的梦从此离你而去。
你已不能享受快乐的幻想；
你的一生只有痛苦的失眠相随，
睡觉也苦恼，醒来也苦恼，

① 希腊神话中的宴乐之神。
② 俄国人晚餐一般在深夜进行，许多人不吃晚餐，只吃午餐（时间在下午）。

日子就在无穷的苦恼中流逝。

　但如果是在野外的瀑布旁，
山下水花翻腾，浪花飞溅，
美妙的幻梦，疲劳的奖赏，
就会在涛声中飞到荒野的溪边，
用一片迷雾蒙住你的眼睛，
用它飘忽的手把你轻揽，
把你放在柔软的青苔上——
啊！在哗哗的水声中睡去多么香甜。
愿你舒适的梦延续得更久，
对幸运儿的享受我只有歆羡。

　你是否有过这样的经历，
在冬季的阴雨天，宁静的傍晚，
没点蜡烛，你独坐书房：
周围静悄悄，白桦树也看不见；
天色逐渐逐渐地昏暗；
天花板上似有幽灵在走动；
炭火在暗淡，一缕青烟
像轻飘的水汽升上烟囱；
于是莫耳甫斯挥起无形的魔杖，
使万物蒙上一层薄薄的幽暗。
眼前蒙眬了；《老实人》[①]合上了，

① 法国作家伏尔泰的小说。

突然从手中落到双膝间；
你轻叹一声，手落到桌上，
你的头也随着垂到胸前，
你睡着了！你头上是一片宁静：
意外的打盹比睡一觉还香甜！

　治愈心灵痛苦的奇妙高手，
我的朋友莫耳甫斯，多年的抚慰者！
我随时都乐于为你牺牲，
你早就在祝福，为你的献身者。
我怎能忘记那金子般的岁月，
我怎能忘记那欢乐的幸福时刻，
那时，一到傍晚我就躲在角落，
在安宁中把你呼唤、等候……
我并不喜欢呶呶不休，
但我喜欢回忆儿时的生活。
哦，我怎能闭口不谈我的奶娘①，
不谈那些神秘之夜的美妙，
那时她戴着睡帽，穿着老式衣裳，
为驱走魔鬼而向上帝祷告，
诚心诚意地为我画十字，
对着我轻声娓娓讲述
死鬼和鲍瓦立功的故事……

---

① 普希金的奶妈是阿琳娜 · 罗季昂诺夫娜（1758—1828），他的童年和他流放在米海洛夫村的两年是和奶妈一起度过的。奶妈知道许多民间故事，她的讲述对普希金的创作有一定影响。

我常吓得动也不敢动，
缩进被窝里，气也不敢出，
没有了感觉，浑身麻木。
神像前一盏陶瓷小灯
微微照亮了她深深的皱纹，
珍贵的古董——曾祖母的睡帽、
露出两颗牙的宽宽的嘴巴，
这一切都使我吓得掉了魂。
我浑身战栗——瞌睡终于
悄悄爬上了我的眼睛。
这时一群长着翅膀的幻影，
许多男男女女魔法家，
从高高的蓝天飞临我的玫瑰床，
用幻象对我的梦施加魔法。
我神驰于阵阵甜蜜的幻想，
在密林深处，在牟罗马①草原，
我遇到剽悍的波尔康②和多勃雷尼亚③。
我少年的脑子里不由得浮想联翩。

　　但你逝去了，啊，宁静的夜！
青春的年华已经来临……
请给我阿尔班④柔和的画笔，

---

① 古代俄罗斯奥卡河边的城市。
② 鲍瓦王子的故事中的英雄。
③ 古代俄罗斯壮士歌中的英雄。
④ 阿尔班，17世纪意大利画家。

我便领略了青春爱情的梦境。
但它在哪里？它在兴奋中出现，
同时又在兴奋中灭亡。
我醒过来，望着天空寻找白昼，
但万籁俱寂，月亮隐没在黑暗中，
周围只是一片夜色苍茫。
但我的梦是安谧的！帕耳那索斯[①]
快乐的儿子，静夜里我不和韵律拼命，
我永远看不见福玻斯、珀伽索斯[②]
和年迈的缪斯的年迈随从。

我不是英雄，不觊觎桂冠，
我不拿安宁和欢愉作交易。
夜间的恶斗我不感到惊异；
我不是富翁，看家狗的吠声
不会扰乱我愉快的梦境；
我不是暴徒，不会惊恐和担忧，
在梦中看见血淋淋的鬼魂、
被杀害的儿童显现的幽灵；
深夜里，可怕的白脸无常
也不会对我怒目圆睁。

---

① 帕耳那索斯，希腊境内山脉，诗神的灵地。
② 希腊神话中生有双翼的神马，它的蹄子踏过的地方有泉水涌出，诗人可以从中获得灵感。

即兴咏奥加廖娃[①]

我默默地坐在你面前。
白白地忍受着折磨，
我望着你，无可奈何：
我心中要说的话，
已不能对你实说。

① 伊丽莎白 · 奥加廖娃（1786—1870），参议员之妻，1816 年夏天，普希金在皇村卡拉姆辛家中遇见她。

致茹科夫斯基[1]

祝福我吧，诗人！……在帕耳那索斯宁静的居处，
我诚惶诚恐在诗神缪斯面前俯伏，
我满怀希望在一条危险的小径上飞奔，
福玻斯为我抽了签，诗琴便陪伴我终生。
我涉世不深，唯恐将来可耻地栽倒，
但我无法抑制自己热烈的爱好，
我听到的并非有关死刑的可怕宣判，
善于解开千年奥秘的神圣法官[2]，
往昔岁月的忠诚卫士，缪斯的宠儿，
总是引起别人无可奈何的妒忌，
却用和蔼可亲的关注把我鼓励；
而德米特里耶夫[3]也含笑赞扬我平庸的智力；

---

① 这首诗普希金生前未发表。1816 年 9、10 月间普希金准备编一本自己的诗集，在他的手稿中，他署名为“阿尔扎马斯社成员”，当时他还不是阿尔扎马斯社成员，但他认为在倾向上他属于阿尔扎马斯社。
② 指俄国诗人卡拉姆辛（1766—1826）。
③ 德米特里耶夫（1760—1837），俄国感伤主义诗人。

德高望重的前辈，沙皇赞赏的歌手[①]，
才华横溢、风度优雅的社会名流，
也举起颤抖的手含泪把我拥抱，
对我预言我未曾听说的前程的美好。
而你，上天注定献身于诗歌的诗人，
难道不是你伸手许我以神圣的友情？
难道我会忘记当年在你的面前
默默无言地站定，我的心像一道闪电
迅速地飞向你那崇高伟大的心灵，
悄悄地和你的心连结在一起，在喜悦中飞腾——
是的！我决心踏上征程，不畏艰险，
我的心满怀着勇往直前的坚强信念，
不朽的创造者，由灵感哺育成长的文豪！……
你们向我指出了远方迷雾中的目标，
我怀着大胆的梦想飞向未知的远方，
我感到，你们的保护神就在我头上飞翔！

　但我看见了什么？在险峻的帕耳那索斯山下
呈现在我的面前的是一幅怎样的图画？
在洞穴的深处，隐藏在可怖的黑暗当中，
是一些充满敌意和忌妒的阴郁俗众，
和一些对崇高的创造者恣意攻讦的佐伊尔[②]，
他们都是些专门乱打棍子的文痞，

---

① 指俄国诗人杰尔查文（1743—1816），俄国古典主义代表。
② 公元前 4 世纪古希腊酷评家。此处泛指酷评家。

粗野诗文的尖声叫嚷直传到远方，
一群瓦兰人[1]尖声号叫着瓦兰人的诗章。
回答他们的是一阵哄笑，在阴郁的人群中
有两个幽灵[2]在黑暗中黯然垂下了眼睛。
其中一个人坐在一堆散文和诗歌上面，
那是他深更半夜辛苦劳作的积淀，
为人遗忘的死亡的颂歌和长诗的坟茔！
一个瘦弱的做诗匠[3]含笑倾听着这吼声：
心力交瘁的泰雷马克[4]对着他呻吟；
铁笔在他的手中吱吱地响个不停，
于是他拉出了一长串枯燥的六音步摹古诗，
僵硬的扬扬格和单调的扬抑抑格等仿古诗体。
以辛勤劳作的缪斯名满天下的诗人，
自豪吧——你是梅维伊[5]的辞藻华丽的样品！
站在一群愚昧无知的朋友当中，
狂热的神香烟雾腾腾，是何方神圣？
对他竭力吹捧，响声闹成一片：
可他却用音韵糟蹋智慧和美感；
这就是你吗？别人观点的愚蠢门徒，
傲慢而喜欢忌妒，冷漠的苏马罗科夫，

---

① 古罗斯对北欧诺尔曼人的称呼，传说俄罗斯最早的大公出身于瓦兰人。此处指“俄罗斯语文爱好者座谈会”的成员，他们坚持过时的文学传统，反对文学的新潮流。

② 指特烈季亚科夫斯基和苏马罗科夫，后者认为俄罗斯诗歌之父不是罗蒙诺索夫，而是他自己。

③ 指特烈季亚科夫斯基。

④ 特烈季亚科夫斯基所写的《泰雷马克颂》的主人公。

⑤ 梅维伊是古罗马平庸诗人，曾攻击维吉尔，嘲笑贺拉斯。此处暗指希什科夫。

软弱无力，毫无热情，智力平凡，
却厚颜无耻地感激偏见带来的桂冠，
被抛下品都斯山[①]，还被拉辛咒骂，
难道他这个侏儒竟敢和巨人争高下？
难道他竟敢对那顶桂冠提出异议？
我们不朽的桂冠诗人[②]是那么光辉，
他是我们北国的奇迹，俄罗斯人的快乐。
是的！那侏儒将在平静的忘川中沉没，
他的额头上已被打上遗忘的印记，
他还能够把什么留给未来的世纪？
高雅艺术拒绝厚颜无耻的芦笛，
粗暴的手指在诗琴上也会变得僵直。
就让他被梅维伊之流滔滔不绝地赞扬吧，
布瓦洛将要出现，夏普兰终将被遗忘。[③]

　结果呢？荒谬可笑永远是荒谬可笑；
盲目的无知培育着愚昧无知的活宝。
无知把他们关在自己昏暗的屋子里，
他们就在那儿大胆地炮制散文和歪诗，
那里科学的敌人全是聋子，但不哑，
他们用尼康[④]的文体把一首首长诗印发，

---

① 品都斯山，希腊山脉，诗神灵地。
② 指罗蒙诺索夫。
③ 布瓦洛（1636—1711），法国古典主义诗人。曾严厉批评法国诗人夏普兰的长诗《奥尔良少女》，此后夏普兰的声望便一落千丈。
④ 尼康（1605—1681），曾任俄国牧首，编撰过《尼康编年史》。此处指“座谈会”派热衷于维护古斯拉夫语。

有的把一大堆斯拉夫颂歌尽行堆砌，
有的在狂乱的悲剧里气急败坏地呼吓，
有个人，他忠于那个惹是生非的宗派①，
竟把哈欠连连的缪斯带上舞台，
幻想把不朽的天才们拉下帕耳那索斯山。
他的手在发抖，打击总是无功而返，
他枉然握着忌妒的匕首奔上战场，
却被报刊打翻在地，被讽刺诗扎伤，
他在批评家的嘘声中逃向他的同伴，
他们给忒斯庇斯②编织了罂粟花的花冠。
这群疯狂的家伙激动万分地起立，
大家把手放在《泰雷马克颂》上发誓，
一定要为受委屈的同伙报仇雪恨。
倒霉的是谁生来赋有感情丰富的心灵！
谁能用多情的诗琴赢得美女的芳心，
谁能大胆地用戏谑的讽刺鞭打恶人，
谁能够真诚坦率地直抒自己的胸怀，
不向那些俄罗斯的蠢货磕头跪拜！……
他成了祖国的仇敌，诲淫诲盗的祸害！
于是各种谴责就向他雨点般袭来。

你们行动起来吧，帕耳那索斯山的祭司们，
你们是由大自然和劳作培育出来的诗人，

① 指“俄罗斯语文爱好者座谈会”。
② 传说中古希腊悲剧的奠基人。此处指亚·亚·沙霍夫斯科伊（1777—1845），俄国剧作家。传说他谋害了作家奥泽罗夫。

从美感和学识的幸运异端中深受教益，
狠狠地打击那些狂妄而愚昧的伙计。
天才的复仇者，真理的朋友，真诚的诗人！
从天庭降下万物的生命和永恒的光明，
阿波罗的巨手放射出致人死命的利箭，
皮同这可怕的巨蟒终于惨遭暗算。①
看吧：奥泽罗夫已被仇恨的利箭杀死，
高举熄灭的火炬，垂下无力的双翼，
他的灵魂在向你们呼吁：朋友们，要报仇！……
被凌辱的美感和学识在向你们吁求——
冲向仇敌：福玻斯和缪斯会保佑你们！
用满含血泪的诗篇去打击这些野蛮人；
无知的人认输了，垂下冷漠的眼睛，
那是些傲慢的空谈家、愚昧无知的一群……

　但是我看到，我们宣扬正道有危险，
梅维伊已经蹙眉对我表示不满，
他已向许多天才高声宣判了死刑，
难道说遭受迫害竟是我命中注定？
这有什么关系？我只能勇往直前，
在你的支持下，我将和知识握手言欢，
我不怕他们的凶狠，坚定的卡拉姆辛，
你是我的榜样，那帮狂人的叫嚷何足为训？

① 希腊神话中的巨蟒，传说被阿波罗杀死。此处指作家奥泽罗夫被沙霍夫斯科伊阴谋杀害。这是当时的一种传说。

让那些与福玻斯无缘的人去窃窃私议吧；
上天没赋予他们写诗与散文的才智。
名声是他们的耻辱，创作是智力的笑谈，
黑暗中滋生的事物必将在黑暗中腐烂。

窗[①]

不久前一个昏黑的夜晚，
一轮凄清孤独的月亮
在茫茫的天路上踽踽独行，
我看见窗前有一位姑娘，
呆坐在那儿若有所思，
她胸中怀着隐秘的惊恐，
忐忑不安地望着山冈下
那条披着夜色的小径。

“我在这里！”有人匆匆地低语。
姑娘胆怯地打开窗户，
用她微微颤抖的玉手……
月儿躲进了漆黑的夜幕。
“多么幸运！”我郁郁地自语，

① 这首诗是写给一个同学的姐姐、宫中女官巴库宁娜的。

“等着你的只是幽会的欢乐，
哪一天也有人为我打开窗门，
在这夜晚寂静的时刻？”

秋天的早晨[①]

响起了喧闹声；田野的芦笛
声声涌入我孤寂的陋室，
最后的一场美梦飞逝了，
心爱恋人的倩影也一起消失。
夜色已经从天上隐去，
升起了朝霞，晨光淡淡，
我的周围是一片荒凉……
她已经离去……我来到河边，
晴朗的傍晚，她常在那里散步；
在河岸上面，在葱茏的草地，
我没有找到她美丽的小脚
留下的难以寻觅的踪迹。
我在树林里郁郁地徘徊，
叨念着那绝代佳人的芳名，

① 这首诗是在巴库宁娜离开皇村到彼得堡去之后写作的。一说是为宫中侍女娜塔丽娅写的。

我呼唤她——我那孤独的声音
只在远远的空谷里回应。
我浮想联翩，来到河边，
河水缓缓地向前流去，
难忘的倩影不复在水中颤动，
她已离去！……直到甜蜜的春天
来临，我告别了幸福和心灵。
秋天用它那寒冷的巨手
剥光白桦和菩提的树冠，
它在疏落的树林中喧响；
黄叶在那里日夜飞旋，
寒冷的波浪上笼罩着白雾，
阵阵秋风在那里呼啸呻唤。
田野，山丘，熟稔的树林！
是你们守卫着神圣的宁静，
为我的忧愁和欢乐作证！
我将遗忘你们……直到春天来临！

别　离

幸福的最后一刻终于到来，
我含泪站在深渊旁从梦中惊醒，
我浑身战栗，这是最后一次
用我的双唇在你的玉手上亲吻——
是的，我全记得，我心惊胆战，
但是强压下难以忍受的悲伤；
我说：“永久的分离如今并不会
把所有的欢乐带往遥远的地方。
我们会耽入幻想，把痛苦忘怀；
无论是愁闷，无论是苦苦的思念，
都不会来到我这幽居者的住所；
缪斯会用快乐来抚慰我的伤感，
我的心会平静——友谊的柔情目光
会照亮我心灵深处冰凉的黑暗。”

对于爱情和心思我很少领会，
光阴荏苒，岁月流逝得飞快，

但酒杯不能把痛苦变成快乐，
也不能让我遗忘往日的情怀。
啊，亲爱的，你和我时刻同在，
但是我仍然忧伤，暗自思念，
无论是青山后面升起的曙光，
无论是伴随秋月到来的夜晚，
俏丽的朋友，我总在把你寻觅；
入睡的时候，我只把你思念，
虚幻的梦中，我只梦见你一个人；
沉思的时候，我不由得把你呼唤，
谛听的时候，我会听见你的声音。
和朋友相处，我会茫然出神，
他们的谈笑，我全没有听见，
我望着他们，用的是呆滞的目光，
我冷漠的目光认不出他们的容颜！

啊，诗琴，你也陪着我神伤，
你是我痛苦心灵的知心伙伴！
你低沉的琴弦弹响的是悲悯的声音，
只有爱情的声音你没有遗忘！……
啊，我的挚友，和我一起忧伤吧，
让你那漫不经心的幽婉旋律
尽情地表达我心中绵绵的忧烦，
让那些喜欢沉思的妙龄少女
听到你深沉的琴声怅然慨叹。

真　理

好久好久，智人们就在
探索被遗忘的真理的痕迹，
他们久久地久久地谈论
老头儿们亘古通今的道理。
他们硬说“纯粹的真理
已经悄悄沉入了井底”，
于是一起喝下一杯清水，
高呼道：“真理就在这里！”

但有一个为世间造福的人
（大概就是西勒诺斯[①]老头子），
看见他们又正经又愚蠢，
厌烦了他们的叫喊和清水，
他丢下我们这隐身的人[②]，

---

① 希腊神话中酒神狄俄尼索斯的抚养者和伙伴。
② 指“真理”。

第一个想起了醉人的甘醴，

于是一滴不剩地干了杯，

终于发现真理在杯底。

骑 兵

沉沉的夜幕早就笼罩
四周无边无际的田野，
淡淡的云层里孤寂的寒星
将微弱的光亮向人间流泻。
在昏暗的高高山冈上面，
茫茫浓雾的黑暗之中，
将要熄灭的火光照亮着
两座悄无声息的军营。
万物都进入梦乡，只有
骚动的涛声打破夜的寂静，
从荒无人烟的远处传来
刀剑的声音和嘚嘚的马蹄声。
一队年轻力壮的骑兵
在静悄悄的树林里潜行，
他们的战马在战栗和喘气，
马头不断焦躁地晃动。
离开树林摇荡的荫蔽，

骑兵们在田野上匆匆奔驰，
他们一边抚慰着战马，
一边豪迈地谈笑细语。
他们脸上燃烧着欢乐，
眼睛里喷吐着愤怒的火焰；
只有你啊，威武的诗人，
满面愁容，夜色般阴沉，
苍白暗淡，像萧飒的秋天。
他垂头丧气，郁郁寡欢，
胸中隐藏着深深的伤感，
身心沉浸于悲痛的愁绪，
默不作声地走在前面。

“悲伤的歌手，为何事烦恼？
战斗前只有你意气消沉，
垂下英勇无畏的头颅，
放下手中的马刀和缰绳！
悠闲安逸生活的奴隶，
难道说你那个天地的宁静
比我们暴风雨般的奔袭、
夜晚刀剑的拼杀更醉人？
我们看到你总在刀剑下，
一脸的平静却又刚强，
永远拼杀在战斗的最前列，
总出现在炮弹落下的地方。
你的嗓音总歌唱我们的光荣，

歌唱中夹杂着胜利的欢呼声，
可如今你却萎靡不振，
像一个逃兵，一声不吭。”

　但是悲伤的歌手慢慢地
抬起头，睁开他的双眼，
他忧郁地望一眼昏黑的远方，
胸中吐出了一口长叹。

　“战地沉浸在酣畅的梦中；
只有我们在夜色中飞奔，
我预感到渴望已久的结局，
最后的战斗在召唤我前进！
我挣脱残酷命运的锁链，
和弟兄们一起投入袭击，
炮弹落地——于是我的战马
孤零零地奔进山中的谷地。

　“啊！你们，命运保佑你们
得到爱情的甜蜜奖赏，
你们的凯旋定会获得
爱情的无价眼泪的褒奖！
可是对于歌手，谁也不存在，
只有宁静和他长相随，
爱尔维娜会听到他的死讯，
可她也不会为他叹息……

在得到拯救的甜蜜时刻，
啊，朋友们，请记住诗人，
记住他的爱，他的磨难
和他那可怕结局的光荣。”

哀　歌

这样的人有福了，他坠入爱河，
而敢于大胆地向自己承认；
在吉凶未卜的命运中有一丝
微弱的希望在抚慰着他的心；
在充满欲念的午夜时分，
有朦胧的月光在为他指引；
有一把可靠的钥匙为他
轻轻打开美人的房门！

可是我在凄清郁悒的生活中
却享受不到这隐秘的欢愉；
早早开放的希望之花凋谢了：
生命之花将在磨难中枯萎！
青春年华将悲凉地飞逝，
我将听到暮年的威逼，
但是我这被爱情遗忘的人
怎能忘怀爱情的眼泪！

月　亮

冷冷清清地飘浮的月亮，
你为什么要从云端里露面，
把暗淡的月光透过窗户
洒落在我的枕头旁边？
你郁郁寡欢地出现在天上，
勾起了我那满腔的惆怅，
为爱情而白白忍受的苦痛，
还有那差点就被我的
无情的理智扼杀的欲望。
往事的回忆，你飞走吧！
不幸的爱情，你快快入睡！
那样的夜晚已一去不返，
那时候，你那神秘的清辉
是如此安详，如此宁静，
透过夜色中昏黑的窗帘[1]，

---

① 有的版本作“幽暗的桦树林”。

淡淡地、淡淡地隐约照亮
我那恋人的美丽容颜。
比起真正的爱情与幸福，
比起这内心美妙的欢愉，
那情欲的欢乐又算得了什么！
可它还能回来吗，我的欢愉？
时光啊，那个时候你为什么
这样飞快地匆匆消逝？
在猝然出现的朝霞面前，
轻淡的夜影为什么隐去？
月亮啊，你为什么要落下，
在明亮的天空中匆匆沉没？
为什么淡淡的晨曦要闪现？
为什么我和恋人要分手？

歌　者

你可曾听见那树林里的夜半歌声？
那是一个歌者在歌唱悲哀与爱情。
当早晨田野里万籁俱寂的时候，
一支芦笛响起凄婉而淳朴的乐声，
　　你可曾听见？

你可曾在幽暗的树林里遇见一个人？
那是一个歌者在歌唱悲哀与爱情。
你可曾发现他的泪痕和他的微笑？
他那充满哀愁的含情脉脉的眼睛，
　　你可曾遇见？

你可曾感叹，当你听见那轻轻的歌声？
那是一个歌者在歌唱悲哀与爱情。
当你在树林里遇见那歌唱的青年，
当你遇见他那双黯淡无光的眼睛，
　　你可曾感叹？

致莫耳甫斯

莫耳甫斯，拂晓前，请给我
一点欢乐，抚慰我痛苦的爱情。
来吧，请吹灭我的灯火，
祝福我实现心中的美梦！
请从我悲伤的记忆中抹去
那分离的可怕判决的阴影！
让我再一睹那可爱的明眸，
让我再听听那可爱的嗓音。
当幽暗的夜色匆匆散去，
你也从我眼中消失净尽，
啊，在新的一夜来临之前，
但愿我的心能忘记爱情！

恋人的话语[1]

我听丽拉在钢琴旁歌唱；
她那美妙而舒缓的歌声
使我们个个柔肠百转，
就像微微吹拂的夜风。
我的眼泪不禁潸然落下，
然而我对可爱的歌手说：
“你忧郁的歌声真是迷人，
但是我那恋人的话语
却比你的歌更使我着魔。”

① 据普希金的同学回忆，这首诗是写给玛丽亚·斯密特的。

* * *

只有爱情才是淡泊人生的欢乐，
只有爱情才是对人们心灵的折磨：
它只给人以一瞬的喜悦，
而痛苦则从此没有个尽头。
这样的人百倍地有福了，他能够
在美丽的青春抓住飞逝的一瞬；
他能够让羞涩腼腆的美人儿
忘情于欢乐和未曾体验的温存！

可有谁不曾为爱情把自己奉献？
你们这些热情奔放的歌手！
在意中人面前，你们温顺委婉，
你们歌唱爱情——用骄傲的手
为美人儿献上自己的花冠。
盲目的爱神残酷而又偏心，
把荆棘和香桃木分送给你们；

他和波墨斯河[1]女神有过默契，
把欢乐指给你们中的一些人；
让另一些人和悲哀终生为伴，
还把不幸的爱情之火送给他们。

提布卢斯和巴尔尼[2]的继承人！
你们领略过珍贵生活的甜蜜；
你们的岁月闪耀得有如晨曦。
爱情的歌手！请歌唱青春的欢愉，
把你们的嘴唇贴上火热的嘴唇，
在情人的怀抱中静静地死去；
轻轻地吟诵爱情的诗篇吧，
我已不敢羡慕你们的艳遇。

爱情的歌手！你们体验过悲哀，
你们的岁月在荆棘中流逝；
你们激动地呼唤着末日，
而末日来临，在人生的远方
你们却找不到片刻的欢愉；
但是，纵然找不到人生的幸福，
你们至少也得到了声名，
于是，你们将在痛苦中永生！

---

① 波墨斯河是发源于赫利孔山的一条河流，波墨斯河女神指缪斯。
② 提布卢斯（约前 54—前 19），罗马诗人。巴尔尼（1753—1814），法国诗人。

我命定没有这样的福分：
我头上顶着暗淡的乌云，
在阴暗的树林，荒僻的山谷，
我孤独地踯躅，凄怆而忧闷。
傍晚在泛着浪花的湖水之滨，
我常常愁思满怀，含泪呻唤；
但我只听见波浪的絮语
和萧萧的树林回答我的伤感。
纵然心灵的噩梦可以中断，
心中还可以燃起诗的热忱，
但热情可以产生，也会冷淡：
灵感即使来到，也白白地消遁。
让别人去为她吟唱赞美诗吧，
我只是单相思——我爱人，也被爱！……
我爱着，我爱着！但受难者的声音
已不能触动她；她也不会欢笑，
为我这随意而朴素的咏怀。
为什么我还要歌唱？我要把诗琴
永远抛弃，留给槭树下的田园，
把它送给旷野温煦的和风，
我卑微的天赋也将像轻烟飘散。

哀　歌

我看见了死神；她默默地坐在
我家那平静安谧的门槛上；
我看见了阴曹；那儿的门已洞开；
我心黯然，顿时冰凉……
我立即离开朋友们，
没有人能够发现
我痛苦生活的踪迹；
我最后的一瞥再看不见
那不朽声名的光芒，
我青春岁月即将熄灭的灯盏
将把虚无这黑洞照亮。
…………
别了，悲惨的世界，你曾为我铺设
一条临渊的黑路，
这里，虔诚的信仰不能抚慰我，
在这里我爱过，但于事无补！

别了，灿烂的朝阳，别了，穹苍，
静谧的夜色，曙光初露的时刻，
熟稔的峰峦，淙淙流淌的小溪，
　树林神秘莫测的沉默，
万物……别了，我最后一次说。

而你，在世上你曾是我的上帝，
悄悄落泪的对象，痛苦的见证，
别了！一切都过去了……我的热情已熄灭，
　我将走进冰凉的坟茔，
　命定死亡的黑暗
将同爱的磨难淹没我悲凉的一生。

　朋友们，当我已失去了力量，
　和病魔斗争，已奄奄一息，
　我要对你们说："朋友们！我爱过！……"
　虚弱的气息将在衰竭中停止，
　我的朋友，那时请你们去看她，
对她说：他已被永恒的黑暗攫去……
　那时她也许会在我的坟前
　为我的命运长叹一口气。

愿望

我的日子缓缓地向前流去，
每一刻都在我忧伤的心中
增添着不幸爱情的痛楚，
激起我种种疯狂的幻梦。
但我沉默着，谁也听不见我的怨言，
我流着泪，眼泪给了我安慰，
我的心沉浸在思念之中，
泪水里有痛苦的甜蜜回味。
啊，生活的时刻！飞吧，我不惋惜，
在黑暗中隐没吧，空幻的魅影；
爱情的折磨在我也很珍贵，
纵然死去，也让我心怀恋情！

致友人

诸神还会再赐给你们
黄金般的白昼，黄金般的夜晚，
慵倦的女郎会向你们
投去含情脉脉的流眄。
玩乐吧，歌唱吧，啊，朋友！
尽情地享受这短暂的良宵，
眼看你们无忧的欢乐，
我将含泪发出由衷的微笑。

哀　歌

我以为爱情之火已永远熄灭，
心中邪恶欲念的骚动已平缓，
令人愉快的友谊之星终于
把受难者带到可以信赖的港湾。
我幻想在平安的海岸好好休息，
已经从远处观看，并用手指示
　航海者们遇险的航船，
　他们正遭到风暴的袭击。
　我说：“有一种人百倍幸福，
　他的一生自由而美好，
　像明媚的春天飞快掠过，
　他不被情欲折磨而烦恼，
　他不为徒然的苦恋而痛楚，
　他没经历过痴迷的煎熬。
　幸福啊！可是我更加幸福。
　我挣脱了种种磨难的锁链，
　我又为友谊……我是自由的——

欣喜欢乐的光芒迷醉了
生活黯然无光的荒原！”
可我说了什么……真不幸！
我在不真切的宁静中只睡了一会儿，
恼人的爱情仍然在心中潜藏，
我心中的爱火并未成灰。
为寻求欢乐我来到朋友们中间，
我要用快乐的诗琴把旧曲表达，
我要再次歌唱妙龄的美女、
欢乐、巴克科斯和婕尔菲拉[①]。
但是枉费心机！……我默然；疲乏的手
瘫软地搁在不听从指挥的诗琴上，
我的心还在燃烧——便怀着忧闷
漠然从远处观望年轻人的游荡。
爱情，当代的毒剂，
带上骗人的幻想走开吧。
恼人的欲望之火，
别烧毁我的灵台。
飞走吧，幻影……爱神，我不属于你，
还我以欢乐，还我以原先的安详，
把我抛给没有感情的大自然，
或者让我展开希望之翼飞翔，
让我重新在痛苦的锁链中入睡，
把甜蜜的自由怀想。

① 巴克科斯是罗马神话中的酒神。婕尔菲拉是虚拟的女性名字。

欢 乐

生命的花朵刚刚开放，
就在寂寞的幽闭中凋萎，
青春年华悄悄地逝去了，
只留下它的痕迹——伤悲。
从呱呱坠地那一刻开始，
到这娇嫩的青春年代，
我从来没有尝到过欢乐，
忧郁的心未曾有过愉快。

我从走进生活的那一天
便焦躁地凝望着远方，我幻想：
“那边，那边，一定有欢乐！”
然而我只是为幻影而飞翔。
青春的爱情终于出现，
它展开那双金色的翅膀，
翩翩飞到了我的面前，
那是个迷人的温柔姑娘。

我追逐着……但始终不能达到
那个遥远的可爱目标！……
那充满欢乐的幸福瞬间
究竟何时才能够来到？
我青春岁月的黯淡灯盏
何时才能够大放光明，
何时才有女友的微笑
照亮我这昏暗的旅程？

致玛莎[1]

昨天玛莎吩咐我
给她写一首小诗，
她答应写一篇散文，
以表示对我的谢意。

我连忙听从她的吩咐，
岁月匆匆不容等待：
才七岁——你未必会
兑现这种表白。

你会两手交叉在胸前，
默默端坐在社交界，
屈从于无聊女神，
从舞会飞向舞会——

① 这首诗是写给杰尔维格的妹妹玛丽娅 · 杰尔维格的。参见《致玛 · 安 · 杰尔维格男爵小姐》。

你已经把诗人忘记！……
玛莎，玛莎，快一点——
为了这四节小诗，
快把你的谢意兑现！

干　杯

琥珀的酒杯
已斟满佳酿，
醉人的泡沫
在杯中闪亮。
它在我心中
比世界宝贵；
可是今天哪，
该为谁干杯？

要我为荣誉
来干上一杯？
战争的游戏
和我不投机。
这一种消遣
无快乐可言，
为友谊一醉，
要远离征战。

福玻斯信徒，
天庭的百姓，
歌手们，喝吧，
祝诗神永生！
缪斯的抚爱
简直是灾难；
希波克林泉[①]
是清水一潭。

为青春爱情，
为欢乐干杯，
我的伙伴们，
韶华如流水……
琥珀的酒杯
已斟满甘醴。
我满怀感激，
为美酒干杯。

---

① 希腊神话中的灵泉，从飞马珀伽索斯的蹄子踏过的地方涌出，喝了此水，诗人将获得灵感。

致丽达[1]函

问候你，维纳斯的知心朋友，
问候你，丘比特和西色拉岛上
所有天真活泼的孩子
曾用鲜花来装饰你的闺房，
你那绰约柔美的风范、
笑容、流眄、娇柔的举止，
比伏尔泰更令人心旌摇荡，
亚里斯提卜[2]和格里采拉[3]的信条
人们都向我们竭力宣扬——
我要向你献上亲切的敬意、
爱情的花环和诗琴的乐章。
我蔑视柏拉图提出的空想，
是你的圣洁拯救了我，

---

① 虚拟的女性名字。
② 亚里斯提卜（前5世纪后半期—前4世纪初），北非昔勒尼的古希腊哲学家，享乐主义的倡导者之一。
③ 虚拟的交际花名字。

我成了阿那克里翁和尼农[①]
那明智信念的忠实信徒，
不过……只在某种程度。
我看见芝诺[②]和他那一群
白发的随从都紧皱双眉；
美酒的明哲朋友老卡托[③]，
爱比克泰德[④]的无聊奴隶，
塞涅卡，甚至是那个西塞罗[⑤]
都同声叫嚷："胡说，门外汉！
刻苦是凡人的最大快乐！"
朋友们，我同意：痛哭和呻吟
当然比欢笑好上一百倍；
忍耐是一种巨大的安慰；
你们的忠告确实无可厚非。
但我告诉你们，我不需要它，
因为这些话都太理智；
一顿美味的晚餐要比
三打哲学家更加可贵；
说实话，我不讨你们喜欢，

---

① 阿那克里翁（约前 570—前 487），古希腊宫廷诗人，作品歌颂爱情和美酒。尼农（17 世纪），法国美女，以文学沙龙和艳情闻名。
② 芝诺（季蒂昂的）（约前 336—约前 264），古希腊哲学家，斯多葛派的创立者。
③ 老卡托（前 234—前 149），古罗马作家，曾任执政官，维护古罗马旧风习。
④ 爱比克泰德（约 50—约 140），罗马斯多葛派哲学家，曾为奴隶，后被赎为自由民。
⑤ 塞涅卡（约前 4—65），古罗马哲学家、戏剧家。西塞罗（前 106—前 43），古罗马政治家，哲学家，宣扬禁欲主义。

你们都板着脸，怒发冲冠。
可是让他们骂我恶棍吧，
这争吵不过是浪费时间：
谁会被他们的典范愚弄？
我喜欢那善良的苏格拉底①：
他在世上活过，他很聪明；
表面上他装得一本正经，
却喜欢饮宴、戏剧和女性；
顺便说说，他曾钟情过，
在阿斯帕西娅②的盥洗室里
（柏拉图曾经亲眼目睹过），
这个胆怯而顺从的奴隶
常对着她的宽袍兴叹，
用宫廷式微笑对她低声说：
“一切都是谎言与幻梦；
无论是人民、声誉和学识；
什么最实在：唯有玩乐，
相信吧：只有爱不是镜中花！”
他就这样向美人儿烧香，
于是她……可怜的克桑提帕！
你的丈夫，亚里斯提卜的对手
常常被人捧到了天上。

---

① 苏格拉底（前469—前399），古希腊哲学家。
② 阿斯帕西娅（公元前5世纪），雅典政治家伯里克利的情妇。

然而癫狂的犬儒哲学家[1]
却蔑视欢乐，向恋人们叫嚷，
他拒绝世上的一切欢乐，
和世界断绝了一切来往。
但他追随那盲目的哲学，
带一只空桶到处游说，
这空虚的怪人陷入迷误，
他伸出一只手想要打水，
自然打不到什么幸福。

---

① 指古希腊犬儒哲学家第欧根尼（锡诺帕的）（约前 400—约前 325），奉行极端的禁欲主义，传说他住在一个大木桶里。

爱神与喜曼[1]

今天，亲切可爱的丈夫们，
我要给你们讲一个新故事，
逗你们开心，朋友们，你们
可认识一个戴眼罩的瞎孩子？
瞎孩子？……什么？得了，福玻斯！
朋友们，爱神可不是瞎子：
这淘气鬼就是想搞点恶作剧，
弄得人一个个啼笑皆非。
喜欢胡闹成了他的信条，
胡闹引导着厄洛斯[2]的行为：
但是突然间，不知为什么，
他对胡闹不再感兴趣。
他又想出一个新把戏：
从可爱的眼睛上取下了眼罩，

① 喜曼，希腊神话中的婚姻之神，一译许门。
② 厄洛斯，希腊神话中的爱神，即罗马神话中的丘比特。

这淘气鬼径向喜曼走去……
可喜曼究竟是何方神道?
他是沉默的伏尔甘[①]的儿子,
衰老、懒惰,还毫无热情,
整天唠叨,总是打瞌睡,
不过他倒是一个好人,
只是生就好忌妒的脾性。
这可怜的天神出于忌妒,
不能够安心好好睡觉;
总是为他的小兄弟担心,
常常跟在他后面盯梢,
举着那只讨厌的灯笼,
时刻防备仇敌的骚扰。
有一天我这孩子去找他,
开口对着他甜言蜜语:
“你应该快乐起来,喜曼,
聪明点,让我们重叙友谊!
我的亲爱的伙伴,忘掉
那些无益可笑的纷争,
而且要永远忘记,请看!
亲爱的,拿我的眼罩作个纪念,
把灯笼给我作为回赠!”
结果呢?忧郁的天神相信了。
那爱神跳起来,乐得发狂,

① 罗马神话中的火神。

于是他使出浑身力气，
把眼罩紧绷在兄弟的眼睛上。
从此喜曼停止了夜间
那一次次乏味的巡逻；
如今那些美人儿再不怕
喜曼那满怀忌妒的眼色；
他放心了，而诡计多端的兄弟
却来和他的名誉开玩笑，
这不讲义气的东西竟和
盲目的盟友重开争吵。
当梦神飞临人间的时候，
爱神便在这寂静的夜间，
亲手把灯笼交给情人，
并且亲自护送这幸运儿
潜入丈夫在沉睡的庭院；
他亲自看守那人家的后门，
防备粗心的喜曼闯入……
要明白我的意思，亲爱的叶莲娜，
相信这意味深长的故事！

阿那克里翁的金杯

我走进古老的佩福斯[①]，
向女神顶礼膜拜，
请您相信，我看见
维纳斯的化妆室里面
有一只阿那克里翁的金杯。
杯里盛满了美酒。
主宰欢乐的女皇
用亲手编织的玫瑰、
葱茏的常春藤和香桃木
环绕在金杯的周围。
在金杯的边上我看见
愁眉苦脸的爱神——
他正闷闷不乐地
望着冒泡的酒浆。

---

① 佩福斯是塞浦路斯城市，有爱与美的女神阿佛洛狄忒也即罗马神话中的维纳斯的神庙。

“淘气鬼，你为何望着
那杯冒泡的酒浆？”
我不解地询问丘比特，
“你为何默默无言？
难道不想喝一口，
是不是用手舀不到？”
“不是，”小爱神回答，
“我在这海上游玩，
把箭囊，连同弓与箭
都掉进了海里，连火炬
也在这红浪里浸熄。
你瞧，在杯里闪烁呢；
可是我不会游水。
啊，可怜可怜我，
请帮我把它们捞取！”
“不行，”我对爱神说，
“谢谢了，既然掉进去，
就让它待在那里。”

致希什科夫[1]

埃拉托[2]和维纳斯加冕的纨绔子弟，
是你在召唤一个囚徒到你的领地，
那品都斯和西色拉之间的宁静庄园，
提布卢斯、梅列茨基[3]和巴尔尼隐逸的山居？
阿波罗娇生惯养的门生，你快把
嬉戏的木笛和他们的诗琴调和：
把你幸福的摇篮轻轻地摇荡的
有赫利孔山上的众仙女和纵情的欢乐。
　用坦诚的心去热爱朋友，
默默地感受，为美女而陶然心醉，
这就是我的命运，我准备顺从，
　　但亲爱的，你要可怜我，
　　千万别叫我写诗！

---

① 亚·阿·希什科夫（1799—1832），俄国诗人，1816 年在掷弹兵团服役，是海军上将、文学保守派领袖亚·谢·希什科夫的侄子。
② 埃拉托，希腊神话中缪斯之一，主管抒情诗。
③ 即涅列金斯基-梅列茨基（1752—1829），俄国诗人。

我没有在愉快的醉意中长久地偷闲：
我看到乏味的真理迟来的光芒。
由于我心地善良，在沉醉中我相信了
　幻梦，它对我说：你是诗人——
于是我无视明智的忠告与后果，
懒洋洋地信手写下一连串诗篇，
用这些天真的玩意儿逗自己开心；
我这巴克科斯的仆从独自清醒，
常常用掺水的诗篇歌唱美酒；
对喜欢幻想的多丽达又歌唱又诅咒，
为友谊编花环，而友谊却打着哈欠，
睡意惺忪地称赞这迷糊的胡诌。
但是阿波罗能够抚爱我多久？
帕耳那索斯的嬉戏已令我厌弃，
我没有沉溺于缪斯和声誉的美梦，
严酷的经历不由得让我惊醒，
在玫瑰中睡去，醒来却是片荆棘，
我发现，我身上还没有天才的印记，
只是酷爱在诗韵上牙牙学语，
把你的诗和我的诗相比，我哑然失笑；
　　我只能就此搁笔。

梦　醒

啊，美梦，美梦，
你的甜蜜在哪里？
你在哪儿，在哪儿，
夜晚的欢愉？
它已逝去了，
那欢乐的梦，
只剩下我孤零零，
在漆黑的夜色中
从睡梦中惊醒。
卧榻的周围
是沉寂的夜晚。
那爱情的幻梦，
刹那间凋残，
刹那间飞逝，
全都烟消云散。
但我的心中
仍热烈地想望，

我捕捉着梦境，
回味着梦乡。
爱情啊，爱情，
请听我的心声：
在我的面前，
再现你的幻影，
一直到天亮，
让我在梦中陶醉，
我宁可死去，
也要在梦中沉睡。

题普奇科娃[1]

　　普奇科娃真的不可笑，
　　她拿起笔来写稿，
支持那家热心慈善事业的周报，
读者虽觉得可笑，却是为荣军效劳。

① 普奇科娃（1792—1867），俄罗斯女诗人，“俄罗斯语文爱好者座谈会”成员，曾为《俄国荣军报》写稿。诗中的“周报”即指《俄国荣军报》，是为卫国战争中的荣军创办的。

再题普奇科娃[①]

你为何叫嚷你是个少女，
在每一篇羞羞答答的诗章？
哦，我明白了，女歌手夏娃，
你是急着要找个新郎。

① 普奇科娃在老诗人杰尔查文逝世时，曾在《俄国荣军报》发表一篇悼诗，开头写道：

胆怯的少女怎么能
用喑哑的竖琴
为德高望重的诗人
弹出哀悼的歌咏——
少女怎么能？

普希金写此诗借以讽刺。

致称作者为兄弟的伯父[①]

我骑在珀伽索斯上左摇右晃，并没有
因为热衷于酒神的韵律而犯糊涂，
无论我是否高兴，我没忘自己的辈分。
　　不，不，您绝不是我的兄弟：
　　在帕耳那索斯您仍是我的伯父。

① 这首诗是普希金 1816 年 12 月 22 日给伯父瓦西里·普希金信中的片断。

讽刺短诗[1]

（题卡拉姆辛）

“快听好：我要给你们讲故事，
讲讲伊戈尔，讲讲他的妻，
讲诺夫哥罗德，讲黄金时代[2]，
最后还要讲伊凡雷帝……”
“外婆，你要说些什么呀！
还是把‘伊里亚勇士’[3]说完吧。”

---

① 1816 年 3 月 24 日，《祖国之子》预告将出版卡拉姆辛的《俄罗斯国家史》，普希金看到预告后写此诗。
② 早期稿本作“金帐汗国”。
③ 指《伊里亚 · 穆罗维茨。勇士故事》，卡拉姆辛未写完。

致瓦·米·沃尔康斯卡娅公爵夫人[①]

夫人，很容易把你看成
一个拉皮条的女人，
或者看成一个老妖怪，
要说是美女，天哪，难哉。

① 原作为法文诗。瓦·米·沃尔康斯卡娅（1781—1865），系宫中女官。普希金曾追求她的侍女娜塔莎，有一次在昏暗的走廊里误把她当作娜塔莎而吻了她，被告到沙皇亚历山大那里。此诗即由此而作，因引自日哈列夫回忆录，可能不准确。

一八一七

（皇村学校）

致卡维林[1]

我的亲爱的卡维林，请忘记
那因一时嬉闹而写的不逊诗作。
请相信，我第一个喜爱
你那些幸运的罪过。
万事都按照一定的顺序进行，
有它的期间，有它的时辰；
可笑的是老人故作天真，
可笑的是少年装作老成。
只要我们活着，就活下去，
让饮宴流进我的记忆中，
拜倒在巴克科斯和爱情的脚下，
别理会愚人们忌妒的批评：
他们不懂得，人可以同万物友好相处——

① 彼·彼·卡维林（1794—1855），驻皇村骠骑兵团军官，普希金的朋友，后来加入“幸福同盟”。

同西色拉、罗马柱廊[①]、书本和酒杯；
在疯狂玩乐的轻浮表象下
　　也可以藏着崇高的智慧。

① 古罗马哲学家和学生谈话的地方。

哀　歌[1]

啊，年轻的朋友，我又回到你们身边！
别后那段忧郁的日子已经过尽：
你们又向自己的兄弟伸出手来，
我又看见了你们快乐的一群。
你们依然如故，可一颗心已不同从前：
在它那里，最可贵的已不是你们，
我已不同当年……那无忧无虑的岁月
已顺着一条无形的道路离开我们，
永远离开了，那瞬息即逝的生命的
曙光，在我头上已显得暗淡无光。
快乐之神已永远告别了心灵。
我已被那顽固的命运所抛弃，
无论是欢笑、玩乐，或内心的宁静，
我都将它们遗忘；我这青年的头上

---

① 此诗写于圣诞节假日回到皇村学校之后，这是五年来皇村学校学生第一次获准离开皇村。

严严实实地笼罩着默默的悲痛……
你们想用笑谈，用善辩心灵的
柔情来打断我这沉重的梦境，
可你们的这些努力全是枉然，
一切都结束了——在我的心灵里，
欢乐嬉戏的印记已经被磨平。
为了排遣我心中郁结的痛苦，
你们送来了诗琴，但这同样枉然；
往昔岁月的幻梦已经消隐，
歌声已在我麻木的琴弦上死亡。
我只看到眼前充满了悲哀！
我感到世界的可怕，白昼也很乏味，
我要走进没有生命存在的树林，
那里是一片黑暗——我憎恨欢乐；
它已在我心中冻结了那短暂的痕迹。
昨日玫瑰的叶子，你们已凋萎了！
你们没有开到月光照临的时辰。
我的欢乐岁月，你们已飞一般逝去，
你们飞一般逝去了——眼泪潸然而下，
于是我也在阴暗的早晨凋零。

啊，友情！请把我交给遗忘；
我将在沉默中屈从命运的支配，
请让我去饱尝心灵的痛苦，
请把我留给荒野和眼泪。

致年轻寡妇[1]

丽达，我忠贞不贰的朋友，
为什么在蒙眬的睡梦之中，
在我缠绵于柔情的时候，
却常常听到你轻轻的呻吟？
为什么在快乐幸福的爱情中
你却时常做起了噩梦，
把你呆滞而惊惧的眼睛
注视着昏暗幽深的夜空？
当我独自甜蜜地领受
爱情急速袭来的眩晕，
为什么我却会发现，有时候
你悄悄哭泣，泪湿衣襟？
你心不在焉似在听着
我那热情洋溢的言辞，

① 此诗普希金生前未发表，写的可能是和年轻的法国女子玛丽亚·斯密特的相识，他们曾在皇村学校校长恩格尔哈特家中相遇。

冷冷地勉强把我的手轻握，
目光里隐含着如许悲凄……
啊，我无比珍贵的女友!
难道你永远要这样悲泣，
难道你永远要这样忧愁，
恨不得把丈夫唤出坟地?
相信我的话：墓中的死囚，
他们寒冷的梦永不会苏醒；
爱人的声音，他不感到温柔，
悲痛的呻吟，他不感到伤心；
一切都已和他们无缘——
墓前的玫瑰、清晨的安恬、
席间的喧闹、友情的泪眼、
恋人一声声娇羞的呼唤……
你那难以忘怀的伴侣
早已咽下最后一口气，
他在无比的幸福中沉醉，
已在你的怀中静静地安息。
姻缘美满的幸运儿已安睡：
相信爱情吧——我们无愧。
义愤填膺的忌妒者不会
从永恒的黑暗中兴师问罪；
寂静的深夜不会有霹雳，
那个心怀忌妒的幽灵
不会来打扰一双爱侣，
把那已沉睡的岁月唤醒。

无宗教信仰[①]

啊，你们，总发出刻毒的谴责，
把苦恼的无宗教信仰视为罪恶，
惊惶地躲开那些从小就狠心
扑灭心灵中快乐光辉的人们；
请平息你们那盛气凌人的雷霆，
他有权得到你们真诚的宽容
和怜惜的泪水；请倾听兄弟的呻吟，
不幸的人并非恶徒，他苦恼万分。
人世间有谁能抚慰他心中的磨难？
呜呼！他已失去了最初的慰安！
请你们看看他——不是看虚荣心每天
带给所有人们幻象的那边，
请看看平静的家庭，在自家的庭院
同友人或朦胧的憧憬进行的交谈。
请你们寻找他，在积满淤泥的小溪

① 普希金在1817年5月17日俄国文学毕业考试时朗诵了这首诗。

潺湲地流过光秃荒原的野地；
在百年老松神秘的浓荫沙沙响
向苔藓投下永恒阴影的林莽。
请你们看看他——他正垂头丧气地游荡，
为自己可怕的空虚而倍感忧伤，
他时而流下忧愁或痛惜的眼泪，
徒然寻求良方以解脱伤悲；
大自然以其毫无雕饰的华美
徒然对他展现全部的瑰丽；
他忧伤的目光徒然环视着周遭，
理智在寻找上帝，心灵却找不到。

无论遭到无情命运的打击、
幸运的片刻赋予突然被夺去，
无论是遭受爱情或友谊的背叛，
他都感受到其中欺骗的内涵——
没有了支持，失去信仰的凡夫
已恐怖地发现他在世上的孤独，
并没有一只强大的巨手从世外
带着安宁的馈赠向他伸来……
灾难、激情和缺陷缠身的凡夫，
我们生来就注定要进入坟墓。
我们的躯壳随时都会毁掉，
一生不过是莫测的时日、短暂的操劳。
当寒冷的黑暗可怕地向我们倾覆，
死亡的时刻便揭开永生的帷幕，

恐怖地感到临终泪水的凄切，
我们便和世界默默地诀别！
这时候，当你和解脱的心灵交谈，
啊，信仰，你正站在坟墓的门边，
你悄悄为它把墓中的黑夜照亮，
满怀希望把振奋的心灵释放……
但是朋友们！更可怕的是活过你们！
只有信仰才能在宁静中以欢欣
使忧郁的灵魂和心灵的期待复生。
“时候到了！”它说，“约期已确定！”

　　而他（盲目的哲人！）对着坟墓呻吟，
不幸的人被迫抛弃了生活的欢欣，
他不愿倾听希望的甜蜜祝颂，
他走向坟墓，叫他……他不答应！

　　您可曾在那幽静的地方看见他，
那里亲友的神圣遗骸在腐化？
您可曾在寒气逼人的坟墓上看见他，
那里埋葬的就是亲爱的黛丽亚①？
傍晚的寂静唤他到死者面前，
他把麻木的头靠在十字架上面，
偶尔响起几声低沉的呻吟，
他在哭泣，但不是泪如泉涌，

① 黛丽亚是爱情诗中常用的人名。

那样的泪水对痛苦的眼睛很惬意，
心里感到宝贵，因为它痛快淋漓，
但那是绝望的眼泪，拼命的眼泪。
在恐怖的沉默里，难以将狂乱抑制，
在幽暗的垂柳浓荫下，浑身战栗，
在母亲的坟茔前面跪落双膝，
一个少女强压下内心的悲痛，
将病态的温柔目光投向苍穹，
在朦胧的月光照耀下，她孤孤单单，
像一个悲伤的安琪儿翩然出现；
她长吁短叹，拥抱着母亲的坟茔，
周围万籁俱寂，仿佛在谛听。
那不幸的人默默地关注着她的悲哀，
他摇头，浑身战栗，迅速地走开，
他尽量跑快些，但忧愁紧跟着出现。

　他和人众默默走进上帝的圣殿，
在那里只徒然加重他心头的忧患，
面对古老祭坛上的盛大庆典，
牧师的布道，圣诗的甜美合唱，
无宗教信仰的痛苦便突然加强。
无论在哪里他从未见神秘的上帝，
他黯然神伤面对着圣物站立，
对一切都冷淡，从不为世事感动，
他心中懊恼听着那平静的祷告声。
“幸福的人们！”他想，“为什么我不能

在平静的生活中放纵汹涌的激情，
忘却那软弱无力而严格的理智，
只怀着虔诚的信仰去侍奉上帝！”

心头徒然叫喊！不，不！与幸福无缘——
他已注定！唯独无宗教信仰
是黑暗的人生道路上忧郁的向导，
引导着不幸的人走向冰冷的阴曹。
在荒凉的坟地上是什么在把他召唤——
谁知道？在那里他只看到安恬。

致杰尔维格

躲开人世的操劳和灾难，
沉浸在爱情、友谊和懒散之中，
请在它们的庇荫下安度时光，
在幽居中生活得舒坦：你是个诗人。
凶恶的风暴威胁不了诸神的知友，
崇高和神圣的天意庇佑着你，
年轻的诗神为你把安眠曲低吟，
保护你安逸逍遥，免受惊惧。
啊，亲爱的朋友，那诗歌的女神
也在我这年轻人的胸中
燃起诗情的灵感的火花，
把秘密的道路向我指明：
我善于用这幼稚的心灵
感受那诗琴的欢乐乐音，
而写诗也成了我注定的命运。
可是你们又在哪里，醉心的时刻，
难以表达的内心热情，

生气勃勃的劳作和灵悟的眼泪！
我那天赋的才能已像烟一般消隐。
我是那么早就引来忌妒的红眼，
和那恶毒毁谤的无形匕首！
不，不，无论是幸福，无论是荣誉，
无论是对赞扬的骄傲的渴求，
我都不会迷恋！我在悠闲之中
将忘记我的磨难者——亲爱的缪斯，
但是，当我听到你那动人的歌声，
我啊，也许会暗暗惊喜而发出叹息。

斯坦司[①]

(译伏尔泰诗)

你要我燃起心灵的火焰,
请还给我往昔的岁月,
并且把我熹微的晨曦
同傍晚时分的彩霞联结!

我的一生正悄悄地消逝,
时间命令我立即脱离
斯美赫[②]和美惠三女神的圈子,
并且拉着我的手离去。

我们得顺从时间的决定,
谁要是不能好好地适应
自己不断变化的年龄,
他只能承受年岁的严惩。

---

① 这是伏尔泰斯坦司 *Si vous voulez que j'aime encore* 一诗的意译。
② 希腊神话中的欢乐之神。

让我们把那激情的迷误
留给好动的年轻幸运儿，
人活在世只两个瞬间——
让我们把其一交给理智。

难道你们一去不复返，
我最初岁月的爱情和梦想——
你们，我转瞬即逝的青春
已得到缓解的种种悲伤？

死亡我们应拥有两次：
把甜蜜的梦想永远割舍，
这是痛苦得可怕的死亡，
停止呼吸意味着什么？

在我这身临垂暮的年纪，
处身在黄昏的薄暮之中，
面对美梦骗局的破灭，
我深深地感到切肤之痛。

回应我凄切悲伤的呼声，
友谊对我伸出眷爱之手，
它宛如情深意切的爱恋，
带给我的纯粹是体贴温柔。

我给它送上凋萎的玫瑰，

那是我欢乐青春的遗迹，
我跟着它走去，但落下眼泪，
因为能跟随的唯有友谊！

致瓦·里·普希金
（片　段）

有什么比战争、厮杀和烈火，
比血流成河、空旷的沙场，
比军人的野营，比骑士的搏击
更加有劲，更令人神往？
有什么比心灵上真正的骠骑兵
短暂的一生更令人羡慕？
虽然这小胡子不怎么聪明。
他们住在自己的营帐，
远离嬉戏、欢乐和美人，
就像不朽的懦夫贺拉斯
住在提布尔幽暗的森林；①
他们不了解暴力的社会，
不懂得什么是寂寞和恐惧；
欢宴宾客，也与人打斗，

① 公元前 42 年，任共和派军团司令官的贺拉斯在菲力浦战败，弃盾而逃。奥古斯都统治时期，贺拉斯被大赦，后住在罗马附近的提布尔庄园。

唱歌，在战斗中厮杀冲击。
幸运的是为世人钟爱和害怕；
人们高声由衷地赞扬
他的事业和他的歌唱；
他只颂扬马尔斯①和婕米拉②，
在忠实的马刀和马鞍中间
还把战斗的诗琴悬挂！

① 罗马神话中的战神。
② 诗歌作品中虚拟的热恋中少女名字。

致丽达函

当善良的黑暗把寂静的夜幕
悄悄地覆盖在我们的头上，
时间推动着缓慢的时针
走到半夜时分的地方，
在万籁俱寂的大自然怀抱里，
只幸福的爱情尚未入梦，
我便再一次撇下牢狱，
离开那不露声色的穹隆……
失去飞逝的剩余时间
使我痛苦得心如刀割，
但阿耳戈斯①很快就入眠，
他信赖那常常背叛他的门锁，
于是我潜入你的闺房。
凭着我迫不及待的奔走，

① 希腊神话中的百眼巨人，睡觉时闭着50只眼睛，睁着50只眼睛。比喻警惕的门卫。

凭着欲火中烧时的缄默，
凭着大胆而战栗的双手，
凭着火热滚烫的呼吸，
和那热烈而甜蜜的双唇，
你完全认出情人——于是
我陶然心醉，喜不自胜！……
啊，丽达，我愿就这样死去，
死于幸福，在爱河中沉醉。

致亚·米·戈尔恰科夫公爵[①]

如今，我迎来了第十八个春天。
也许这是最后一次我和你
默默沉思倾听着树林的喧响，
手挽着手漫步在湖边的草地。
你在哪里，不久前欢乐的岁月？
怀着青春焕发时候的希望，
亲爱的朋友，我们踏进新的世界；
可在那里我们的命运不会一样，
生活中我们会留下不同的足迹。
任性的福耳图那已经为你
指明一条幸福而光荣的道路，
而我的前途却是黯淡而凄迷；
你天生一副优雅、英俊的外貌，
以敏捷的才思、诚实可爱的性情
和光艳照人的才华讨人喜欢；

① 这首诗写于皇村学校毕业前夕，俄历 5 月 26 日是普希金 18 岁生日。

你生来是为了享受甜蜜的自由，
享受快乐，享受欢娱和光荣。
那燃烧着爱火的美妙良辰，
你的黄金的年代已经来临。
赶快去爱吧，你有幸福的昨天，
今天再恰如其分地去享受幸运；
爱神在命令——如果可能，那么明天，
你就重新把香桃木的花冠献给美人……
啊，我预见，你会让人掉多少眼泪！
你这负心的朋友和轻佻的情侣，
愿你忠诚——你会着迷，也会迷人。

　而我的命运……一团晦暗的阴霾
为什么层层遮住我的前程？
唉！我不能在无尽的假象中生活，
在迷醉中拥抱幸福的幻影。
我的一生在无边的苦海中度过。
也许，我小时候有那么两三载
幸福过，但我不懂得什么是幸福；
如今时光流逝了，可怎能把它忘怀？
时光流逝了，如今我以哀伤的
眼睛回首一去不返的旅途，
我曾经快快活活地走过的
那条撒满鲜花的短短的道路，
我痛哭着，我在把光阴虚掷，
为那折磨着我的愿望而痛苦。

你的童年是春天绚烂的朝霞，
可我的，朋友，却是秋天的晨曦。
我尝过爱情，可我看不见希望，
我默默地爱着，独自伤悲。
狂热的梦幻离开了我的眼睛，
但我忘不了那郁郁寡欢的梦境。
我心中充满油然而生的愁绪；
我觉得：我这忧郁的客人孤零零
怀着愁思来赴生活的筵席，
才片刻，就要孤独地告别人生。
不会有一个念念不忘的知交
在我弥留时来合上我困倦的双眼，
也不会来到我那孤独的山头，
满怀爱心发出最后一次悲叹！
难道我的青春就这样孤独地度过？
我也始终得不到幸福的爱情？
难道我未尝过欢乐就要死去？
诸神又为什么要赋予我生命？
我这人世中默默无闻的歌手，
队伍中被遗忘的战士，还等待什么？
将来我能够赢得什么奖赏？
什么样的幸福花环将属于我？
那又怎么样？我惭愧，埋怨有失体面。
是的，诸神的决定当然公正！
难道只有我看不到光明的日子？

不！眼泪中也含着快乐的成分，
这一生当中有两件事值得我欣慰：
朋友的幸福和我低微的才能。

题纪念册[①]

爱情会冷淡，愿望会死亡；
冷酷的上流社会会疏远我们；
谁还会记得往昔岁月的
秘密约会、梦幻和欢欣？……
就让我把自己淡淡的足迹
留在纪念册上，纪念它们。

① 这首诗是写给骠骑兵少尉阿·祖鲍夫（1798—1864）的。

题伊里切夫斯基[①]纪念册

我的朋友！我是个无名的诗人，
虽然我是个正教的基督徒。
我的灵魂不死，毫无疑问，
可我的诗运却大大不如——
我那任性的缪斯的歌唱、
快乐青春岁月的游戏
都将像游戏一样死亡，
上流社会将把我们忘记！

啊！我那善良的保护神知道，
比起我的灵魂的永生，
我宁愿做出另一种选择：
让我的作品永世长存。

---

① 阿·伊里切夫斯基（1798—1837），普希金皇村学校的同学，以诗人著称，主持学校里的手抄刊物。

我们不能支配自己的命运，
但是至少，这毫无疑问，
这篇心血来潮的随意之作
在你的手中，虽然没有署名，
只写在朴素的友谊之页上，
却不会从大家的记忆中消泯……
为你的友谊所激励，我写下
这首诗，纵使枉费心机——
连我的这首诗也被淡忘，——
我的心声，我忠诚的友情
也将长存，超越我的诗！

致同学们[①]

幽禁的岁月匆匆过去了，
友爱的朋友们，不要多久，
我们将远去，再也见不到
这孤寂的楼房和皇村的田畴。
离别的时刻就在眼前，
人世遥远的喧嚣在召唤我们，
每个人都望着前方的道路，
怀着骄傲的青春的幻梦。
有人把才智藏在军帽下，
穿起威风凛凛的军装，
手上挥舞着骠骑兵军刀，
冒着主显节[②]凌晨的严寒，
在检阅中挨冻，显得英姿飒爽。
为了取暖又急忙驰去更房；

① 这首诗是在皇村学校毕业前夕写成的。
② 主显节在 1 月中旬，是一年中最冷的时期。

有人生来是做官的材料，
他不爱崇高的品格而爱地位，
甘心在骗子手的前室里
充当一名恭顺的骗子；
只有我，全听凭命运的安排，
向快乐的慵懒忠诚奉献，
心中全无牵挂，一切都无所谓，
一个人关起门来静静入眠……
做文书或骑兵对我都一样，
法律和军帽我都不挑拣，
我不拼命去争当上尉，
也不往上爬去做陪审员；
朋友们，请你们多多包涵——
留给我一顶红色尖顶帽①，
只要不是为了什么罪行，
必须用球顶盔②把它换掉，
只要我还能懒散地生活，
不担心什么可怕的灾难，
我就还要用这随意的手，
在七月里敞开我的坎肩。③

---

① 在古代，红色尖顶帽为解放的奴隶所戴，法国大革命时，雅各宾党以红色尖顶帽为自由的象征。

② 球顶盔是一种军帽，戴球顶盔即当兵。

③ 当时的军规严禁军人在任何情况下敞开军服。

医院墙上的题词[①]

这里躺着生病的学生，
命运对他太残酷无情，
请把药物远远地拿走吧：
谁也治不好他的相思病！

① 此诗摘自普欣的回忆录。普欣有一次在皇村学校医院的墙壁上发现这一题词，认出是普希金的笔迹。

题普欣纪念册[①]

有朝一日，当你翻开这秘密的一页，
　　看着我当年写下的题词，
你那异常丰富的甜蜜的幻想请暂时
　　飞向皇村学校的一隅。
请想想最初那些转瞬即逝的时刻，
相安无事的幽闭，六年的共同生活，
你心中经历过的悲哀、欢乐和幻想，
朋友之间的争执，言归于好的快乐……
　　发生过而不会再来的事……
　　请想想那一次初恋，
　　默默噙着惆怅的泪水。
我的朋友，爱情逝去了……但并不是
快活的狂想使你和最初的朋友结识，
面临着严酷的时代和严酷的命运，
　　啊，朋友，这友谊坚如磐石。

---

① 这首诗是在皇村学校毕业前夕写的。

别　离[1]

这是最后一次，我们的家神
在乡居的庭荫里倾听我的诗篇。
　学生生活中亲爱的兄弟，
我要和你共享这最后的瞬间。
　朝夕相处的岁月过去了，
我们友爱的团体就要拆散。
　再见吧！上天保佑你，
　我的朋友，但愿你永不离开
　自由与福玻斯的顾怜！
你将领略我一无所知的爱情，

---

① 这首诗初次发表时题为《致丘赫尔别凯》。头几行初稿为：

这是最后一次，我们的家神
在僻静的乡居中倾听我的诗篇！
　学生生活中亲爱的兄弟，
　我要和你共享这最后的瞬间！
就这样，它们逝去了——朝夕相处的岁月；
就这样，它被拆散了——我们友爱的团体！
　再见吧！……奥秘的天意保佑你，
　亲爱的朋友，但愿你永不同
福耳图那、友谊和福玻斯分离。

它将充满希冀、欢乐和欣喜：
你的日子会像梦一样飞逝，
在幸福的宁静中飞驰而去！
再见吧！无论我在哪里：在决死的战火中，
或者在故乡宁静溪流的两岸，
　我将忠于神圣的友谊。
但愿（不知命运是否听见我的祈祷？），
但愿你所有的朋友，大家都洪福齐天！

题卡维林肖像

他胸中总燃烧着美酒和战争的烈焰，
在战场上他是一名威严的军人，
他对朋友忠实，却叫美女肠断，
　　到哪里都是个骠骑兵。

信末附笔

那里有我的欢乐；一旦我殒灭，
让它触动我失去知觉的胸膛：
　　也许，我亲爱的朋友们，
　　也许，它会激活我的心脏。

梦[①]

不久前，我沉迷于一个美妙的梦境，
我戴着辉煌的冠冕，做起了皇帝；
　　我梦见，我正爱着你——
　　心儿在欢乐地跳动。
我在你的脚下热烈地把爱情诉说。
啊，美梦！为什么你不延续那福祉？
然而上帝并没有把一切都夺去：
　　我失去的只是王国。

---

① 这是伏尔泰《致普鲁士公主于尔里克》一诗的意译。

她

“你如此悲伤，老实说吧，发生了什么事？”
“我在恋爱，朋友！”“谁使你如此倾心？”
“她。”“到底是谁？格里采拉，赫洛亚，丽拉？”
“唉，不是！”“是谁让你献出了整颗心？”
“唉，是她！”“亲爱的朋友，你太腼腆！
可是为什么你如此悲痛，心乱如麻？
谁是罪魁祸首？丈夫，父亲，当然……”
“都不是，朋友！”“怎么回事？”“我不是她的他。”

一八一三—一八一七

老　人[1]

（译马罗诗）

我已不是那热烈的恋人，
从前世人曾为我惊异：
我的春天和美丽的夏天
已永远逝去，不见了踪迹。
爱神，青春年华的神灵，
我曾做过你忠实的侍从，
啊，假如我能重新降生，
我愿再一次把你侍奉！

① 这是马罗诗的意译。马罗（1496—1544），法国人文主义诗人。

致黛丽亚

哦，黛丽亚，亲爱的！
快来吧，我美丽的女郎；
金色的爱情之星
已高高升起在天上；
月亮在空中默默地飘动；
快来吧，阿耳戈斯[1]走了，
梦神已合上了他的眼睛。

在幽静的橡树林
隐秘的阴影下，
那里有一条幽寂的小溪，
不断翻起银色的浪花，
正和忧郁的菲罗墨拉[2]轻轻地歌唱，

① 希腊神话中的百眼巨人。此处指监护人。
② 希腊神话中雅典王潘狄翁的女儿，被姐夫强行抢走并割去舌头。她将自己的遭遇绣在一块手帕上，送给姐姐普洛克涅，普洛克涅将她救出。后来神把她变成夜莺。此处指夜莺。

那是个欢乐幽会的所在，
月儿的清辉正把它照亮。

　黑夜正用它的阴影
　把我们隐蔽，
　葱郁的树林睡着了，
　欢会的时刻一瞬即逝，
我心中火热的爱情在燃烧，
快来相会吧，哦，黛丽亚！
快快投入我的怀抱。

黛丽亚

在我面前的是你吗，
我最亲爱的黛丽亚？
自从和你分手，
多少回我把热泪挥洒！
在我面前的是你吗，
莫不是虚假的梦幻
在把我引诱戏耍？

你还认得我这朋友吗？
他已和从前不一样，
但是对你呀，朋友，
我却从来未遗忘——
悲伤的人想问你：
“亲爱的人是否还爱我，
就跟从前一个样？”

现在还有什么

能和我的命运相比！

瞧瞧，你的泪珠儿

正顺着脸颊往下滴——

黛丽亚是感到害羞吗？……

现在还有什么

能和我的命运相比！

法翁[1]与牧女

（风情画集）

一

度过十五个春天，
像百合浴着朝晖，
美人儿出落得花一样；
一切都叫人陶醉：
看她那慵倦的气息，
看那懒洋洋的秋波，
看那起伏的胸脯，
玫瑰般娇嫩的肤色——
尽显青春的婀娜。
欢乐愉快的轮舞
已不再吸引莉拉：
她单独在树林里流连，
在沉睡的河边溜达，

① 法翁，罗马神话中农牧之神，半人半羊，头上有小角，长着山羊尾巴。

轻纾心中的郁闷，
只有厄洛斯伴着她。
当漆黑的夜晚降临，
她在简朴的卧榻上
做起安谧的春梦，
它把迷人的梦想
和那淡淡的哀愁
注入她年轻的心房。
于是莉拉在梦中
将欢乐的滋味品尝，
“啊，费隆！”她轻声呼唤。

二

在一个幽暗的山洞；
当黄昏悄悄地降临，
是何人浑身酥软，
在和你共度良辰？
就这样你已尝到了
爱情的全部欢乐；
哦，莉拉，你已领略
热血沸腾的狂热，
你带着慌乱和战栗，
脸蛋儿烧得通红，
在爱神的羽翼底下，
在沉醉中尽享爱情。

啊，柔情缱绻的牺牲品，
你就默默地燃烧吧！
愿你们安谧地休憩，
到火红的朝霞高照。
滔滔的流水为你
披上幽暗的轻纱，
默默无言的明月
倾泻出溶溶的光华；
玫瑰把花儿低垂，
庇护着你们的幽居，
连风儿也屏息静气——
这儿是爱情的园地……

三

但谁在山洞附近
躺在浓密的草地上？
朝着维纳斯的祭坛，
恼怒地举目眺望；
蜷曲在百花丛中，
一条长腿长满了毛，
忧郁的两眼上方，
挂下他两只犄角。
那是法翁，高山
和树林的阴郁神祇，
总纠缠不休地追逐

豆蔻年华的牧女。
他和丘比特的挚友——
漂亮的男子费隆
早早就成了情敌……
在两情缱绻的幽居中
他听到幸福的叹息
和欢爱的慵倦呻吟。
那不幸的神默默地
饮下痛楚的苦酒，
在徒然的忌妒之中
伤心得涕泗横流。
但是黑夜的女皇
已退居树林后面，
恬静的朝霞接着
染红了广阔的蓝天；
西风神在喃喃絮语，
于是乎法翁只好
奔向茂密的森林，
把悲伤藏进山坳。

四

清晨莉拉一个人
漫步在茂密的树林中，
她脚步犹豫蹒跚，
只显得心事重重。

“啊，夜色，你会很快
同皎洁的月亮一起
拥抱着整个天空?
啊，黑森林，你会很快
在浓雾中变得蓝盈盈，
出现在西方的天穹?”
可是她听见树丛后
发出低沉的簌簌声，
蓦地在她的面前
山林之神闪亮着眼睛!
她恰似一阵春风
倏地飞进小树林，
而他在后面紧追，
莉拉呀，战战兢兢，
暴露出全部的隐秘，
那是她青春的芳容。
她把娇嫩的胸脯
献给微风的轻吻，
还在无意中显露出
她那美腿的丰韵。
牧女在草地上飞奔，
直跑得娇喘吁吁，
越来越近地听到
法翁在后面紧追。
她已感觉到他那
火烧火燎的气息……

所有的努力都白费，
你注定被法翁猎去！
但是哗哗的波浪
将那美人儿收留，
溪水是她的坟墓……
不！莉拉终于得救。

五

金色羽翼的厄洛斯
和那柔情的丘比特
从四面八方飞来，
把年轻的莉拉救活；
大家飞离西色拉
和宁静田园中的维纳斯，
飞过滚滚的波涛，
把她送到山洞去——
旷野中爱情的殿堂，
幸运儿早等在那里。
瞧瞧，她已和费隆
在那儿共享欢乐，
山洞中的寂静已被
爱情的呻唤打破……
在柔情和梦幻的玫瑰中
莉拉正安详地睡去，
月亮也在云层中

收敛了自己的清辉。

六

那倒霉的山林之神
低低地耷拉着脑袋，
独自同傍晚的暮色
在河岸上踽踽地徘徊。
“别了，爱情与欢乐！”
他叹一口气说道，
“在悲哀中虚掷青春，
我命定厄运难逃！”
蓦地醉酒的萨堤罗斯①
满脸通红从树林间
步履蹒跚地来到
他面前，还带了个酒罐；
他睁开蒙眬的醉眼，
寻找着回家的道路，
举起那山羊的双腿，
艰难地迈着脚步；
他走啊走啊，这才
邂逅了我的法翁，
他笑嘻嘻地让到一边，

① 希腊神话中的森林之神，是个长着公羊角、腿和尾巴的半人半山羊怪物，性好欢娱，耽于淫欲。

向他深深地鞠躬……
“是你吗，我亲爱的兄弟？”
白发的萨堤罗斯喊道，
“这是在哪个无名地，
我和你无意中碰到？”
“啊！”法翁沮丧地说，
“我的日子不好过！
一切都和我过不去，
我没有爱情的欢乐。”
“我听见了什么？为爱神
你感到痛苦和忧心，
对那个黄口小儿
你竟然敬若神明？
怎么能这样？来吧，
从酒罐里汲取遗忘，
把酒杯斟得满满，
用酒浆来浇灌愁肠！”
于是乎酒沫闪耀，
在酒杯里咝咝直响，
只一杯美酒下肚，
便把爱神忘得精光。

七

是哪个鲁莽的汉子
把你的美貌占有？

轻佻的女人，是谁
竟会伸出火热的手
在你情热的胸前
游弋，酥软和叹息，
并且同俏丽的莉拉
在狂喜中活来死去？
你就这样背弃啦？
美人儿，施展魅力吧，
赶快去爱，啊，莉拉！
然后再一次背弃。

八

欣喜和快乐消失了，
犹如清晨缥缈的梦；
哪儿有情欲的秘密？
哪儿有温柔的帕列蒙[①]？
啊，莉拉！瞬息爱情的
玫瑰很快就凋萎：
尝尝伤心泪的滋味吧，
如今再去采荆棘。
岁月年复一年地
在无情的奔流中飞掠，
年老珠黄在远处

---

① 古罗马诗人维吉尔《牧歌》中的牧人。

向美人儿发出威胁。
爱神已经在鞠躬，
和美貌断然告别，
紧接在丘比特之后，
欢乐也成群地消歇。
只有牧女在树林里
徘徊，孤独而伤心，
在那儿她把谁寻觅？
蓦地她看见了法翁。
那长着山羊腿的哲学家。
躺在椴树下逍遥，
用花环装饰着犄角，
正在懒洋洋地啜饮
一杯冒泡的美酒。
虽然法翁已不是
莉拉从前的情郎，
美人儿却突然想到
向他撒出爱情之网，
她悄悄地走过去，向法翁
送去懒洋洋的秋波，
于是我听到，她的话
想达到什么结果。
但法翁对她直冷笑，
把酒杯斟出了泡沫，
一个劲儿摇着头，
对美人儿把实话直说：

"不，莉拉！我的心很平静，
朋友，去勾引别人吧；
要恋爱还有时间，
求学问，则另当别论。
我曾经把你迷恋，
为你而神魂颠倒，
我曾经衷心赞美过
你那有毒的美貌，
心为你燃烧过爱情，
让我爱得你入迷，
我曾经……然而万幸，
过去的就让它过去。"

酒　窖

啊，可怜可怜我，
我的同学朋友们！
那烈火般的美女
已叫我筋疲力尽。

时刻在惆怅中度过，
我命定要受煎熬，
请给我拿来酒杯，
给我打开酒窖。

那里的冰块中一列
酒瓶蔚为壮观，
还有国外进口的
黑啤酒，用小桶精装。

利柏耳[1]结结巴巴
为我们指出那酒窖——
让我们踉跄走过去，
在酒桶下睡个好觉！

那里有心的慰藉，
对歌手的最好奖赏，
我的热烈的诗情，
对爱恋中痛苦的遗忘。

① 罗马神话中的酒神。

* * *[1]

在那结冰的小河岸上，

你心中会留下一个问题：

“红鼻子的什列杰尔小姐

会不会带来可爱的维利奥姐妹[2]？”

---

① 这首即兴诗记载于普欣的回忆录中。诗是写给普希金的同学叶萨科夫的。

② 维利奥姐妹是宫廷银行家维利奥的女儿。

* * *[1]

昨天通宵祈祷后回家的路上，
安季皮耶夫娜同玛尔福什卡吵嘴；
安季皮耶夫娜着实快要气疯了。
“站住，”她喊道，“瞧我怎么收拾你，
你以为我已经忘记你干的那件事，
那晚上，你偷偷爬到那个房间里，
和教子瓦纽沙干了些什么勾当？
等着瞧吧，你的丈夫准会知道这件事！”
“你威胁不了我！”玛尔福什卡回答，
“瓦纽沙算什么？他不过是个毛孩子，
可你那亲家特罗菲姆，没日没夜
干吗在你家？全城都知道这件事。
快闭嘴，大嫂：你和我都有罪过，
可你对谁都要恶言相加骂几句；
你只看到别人身上一根草，
却没有看到自己身上的柱子。”

① 此诗载于普欣的回忆录。

* * *

我对自己有信心，
愚人中算我最聪明，
我是小小卡维林，
莫洛斯托夫在皇村[①]。

① 指皇村学校。莫洛斯托夫是骠骑兵军官，普希金自喻为皇村学校的莫洛斯托夫。

Couplets[1]

当一个诗人兴高采烈
对你朗诵贺诗或颂歌，
当故事的讲述者慢腾腾地讲述，
当你听别人鹦鹉学舌，
却听不到一句有趣的话，
你会打瞌睡，用手帕掩住哈欠。
那时你就等着大家说：
“我们以后会愉快地再见。”

但当你和美人儿单独相会，
或者和聪明人相聚一堂，
再一次尝到真正的快乐，
你会满足、欢笑和歌唱，
那就继续你彻夜的欢乐吧，

① 法文：谐谑曲。这首歌用法文写成。在皇村学校音乐教师泰佩尔·德·费尔居松家的晚会上演唱过，系对玛丽亚·斯密特 *Lorsque je vois de vous*，*monsieur* 一歌的回答。

到夜晚将尽时你就对同伴，
对一堆空酒瓶尽情地歌唱：
“我们以后会愉快地再见。”

朋友们，生命转瞬即逝，
一切不过是过眼云烟，
爱情也常常飘忽不定，
像春天的飞鸟转眼就不见。
它会窃笑着过早地飞走，
那就再见吧，希望，到永远，
当它飞去时，你就别再说：
“我们以后会愉快地再见。”

光阴如箭，凄惨而残酷，
我们迟早都要到“那边”去，
有时候，这种情况不少见——
我们也侥幸免于一死，
成堆的苦难离我们而去，
而那丑陋的黑骷髅也偏偏
去频频敲打别人的家门：
“我们以后会愉快地再见。”

怎么样？我已经感到很疲倦，
让亲爱的听众跟着我疲劳，
这样吧，我走下帕耳那索斯山，
它不是专为歌手而创造。

这些歌曲使我很兴奋，
对副歌我能够随手编撰，
这就够了——别了，羽笔！
“我们以后会愉快地再见。”

包打听

“有什么新消息？”“真的，一点也没有。”
“嘿，别耍滑头：你肯定知道点什么。
难道你不害臊，对自己的朋友，
就像对敌人，总一个劲儿沉默。
你是不是生气了：得了，老弟，为什么？
别那么固执，哪怕透露一个字……”
“唉！别老缠着我，我只知道，
你是个蠢货，这已不是新消息。”

* * *

“伯父，您在生病？我当然
非常焦急！三个夜晚，
请您相信，我未曾合眼。”
“是的，我听说了，你在赌钱。”

凉亭[①]题记

年轻的旅人，请你怀着
诚挚而珍重的爱情之心
来到这人迹罕到的凉亭。
在这儿我一度为爱而欢乐，
在甜蜜的喜悦中将爱火燃尽，
连时间老人也曾为我们
在这儿将它的脚步暂停。

① 一般认为指皇村公园中的“随心亭”。

* * *[①]

瞧这威利亚——正落入情网，
他写的诗是那么刻薄，
他写的讽刺诗像赫丘利[②]一样，
可他谈恋爱，就像布瓦洛。

① 这首诗是讽刺威廉 · 丘赫尔别凯的。
② 罗马神话中的英雄，即希腊神话中的赫拉克勒斯。他神勇无敌，完成了12 项英雄业绩。

题阿·基·拉祖莫夫斯基伯爵[①]

啊！我的上帝，我听到
一个多么可笑的消息：
拉祖姆尼克[②]竟荣获天蓝色绶带。
“上帝保佑他，我不与人为敌：
愿上帝赐给他天国作为奖励。”

---

① 阿·拉祖莫夫斯基（1748—1822），伯爵，俄国国务活动家，神秘主义者，1810—1816年任国民教育大臣。

② 意译为“聪明人”，和拉祖莫夫斯基为同根词，可视为拉祖莫夫斯基的别称。此处为双关语。天蓝色绶带是安德烈勋章的附属物，但拉祖莫夫斯基并未获安德烈勋章。

题巴博洛沃宫[①]

美人儿！让那俄罗斯的半神半人
在你的怀抱之中享尽欢乐。
　　有什么比得上你的幸运？
全世界在他脚下，他在你脚下俯伏。

① 巴博洛沃宫位于皇村公园偏僻处的巴博洛沃村，是亚历山大一世和宫廷银行家的长女索菲亚·奥西波夫娜·维利奥幽会的地方。

* * *[①]

《波扎尔斯基、米宁、格尔莫根，
亦名得救的俄罗斯》
文笔拙劣，含糊不清，华而不实，
用词空泛而且晦涩。

---

① 这首诗讽刺希林斯基-希赫马托夫的长诗《波扎尔斯基、米宁、格尔莫根，亦名得救的俄罗斯》。波扎尔斯基（1578—1642），1613—1618 年领导反对波兰武装干涉的统帅。米宁（? —1616），下诺夫哥罗德商人，俄国民族解放斗争的组织者。格尔莫根（约 1530—1612），俄国大主教，曾散发信件，号召全民起义反对波兰干涉者。

讽刺短诗

（题一个诗人之死[①]）

克里特死后进不了天堂；
他犯下如此深重的罪恶。
但愿上帝忘记他的事业，
正如世人忘记他的诗作！

① 这首诗是讽刺丘赫尔别凯的，克里特即指丘赫尔别凯。

肖　像[①]

这是我们的矮胖子，修士，
　诗人，文抄公和丘八；
无论何时、何处、为何事，
　他都算得上一棵荨麻：
对马尔丁[②]他是公认的神父，
　对弗罗洛夫[③]他是数学家；
英雄恩格尔哈特来上任——
　他摇身一变成了外交家。

① 这首诗系讽刺皇村学校绘画老师奇里科夫（1776—1853）。
② 马尔丁指 M. C. 皮列茨基-马尔巴诺维奇，皇村学校第一任学监，以虚伪著称。
③ 弗罗洛夫，接替皮列茨基的学监。

比　较[1]

我亲爱的，你想不想知道，
我和布瓦洛有什么区别？
　　德普雷沃[2]只有“，”，
　　而我有“：，”。[3]

① 这是一首谐谑诗，内容针对布瓦洛的生理缺陷。
② 德普雷沃是布瓦洛的名字。
③ 最后两行应读为：布瓦洛只有一个逗号，而我有两点加一个逗号。

你的和我的

天知道为什么哲学家和诗人
早就对“你的”和“我的”生气。
我不想和这群学者争论，
也没有理由加以责备：
他们给了我快乐和安谧，
结果会怎样，假如你不是“我的”？
尼莎，假如我不是“你的”？

* * *[①]

比田园诗还恶心，比颂诗还冰冷，
因愤恨而厌世，因愚蠢而写诗——
当大自然创造你，让你到人世，
它是多么可怕地拿你谑戏。
你害怕别人，像害怕顽敌，
啊！想入非非的可怜样品！
你可以自慰，恶毒的蠢货！
你永远不会有朋友和情人。

① 这首诗收入皇村学校一册手抄本诗集，未署名。从丘赫尔别凯一首写给普希金的《不要轻信》看，这首诗是普希金写给丘赫尔别凯的。丘赫尔别凯的原诗是：

你永远不会有
朋友和情人，
你满腔愤怒地说，
便从我眼前消失：
从此我孤零零一个人，
在人群中浪迹。

一八一七

（皇村学校之后）

* * *[①]

在俄国的彼得堡省
有座城市叫卢加；
在我的心目中没有
一座小城比它差，
如果世界上没有
诺沃尔热夫城的话。

① 卢加和诺沃尔热夫在彼得堡到米海洛夫村一线上。

* * *[①]

再见吧，忠实的橡树林！再见，
田野上令人心旷神怡的静谧，
还有那尽情欢乐的日子，
它竟然如飞一般逝去！
再见吧，三山村，你有多少次
用欢乐来迎接我的到来！
我领略你们亲切的情意，
难道是为了和你们永远分开？
我从你们这儿带走回忆，
却把我的心留给你们。
也许（这是个甜蜜的梦想），
我还会回到你们的山村，
我会来到菩提树荫下，

① 这首诗是写在三山村女主人奥西波娃的纪念册上的。三山村是普希金父母亲的领地米海洛夫村的近邻，普希金于 1817 年夏来到米海洛夫村，常去三山村玩，和三山村的女主人们结下亲密的友谊，这首诗是他返回彼得堡时写的。

我会登上三山村的山坡，
因为我崇拜无拘束的友情、
智慧、美惠女神和快乐。

致奥加廖娃

（总主教[①]赠以私人花园的鲜果）

总主教，这无耻的牛皮大王，
把花园里的鲜果拿来送你，
显然，他想叫我们相信，
他就是私人花园的上帝。

你是万能的——卡里忒斯[②]
将用微笑去征服老丈，
把总主教弄得神魂颠倒，
于是他心中燃起了欲望。

看见你那迷人的秋波，
他竟忘了身上的十字架，
于是他温柔地做起祷告，
对着你天仙一般的娇姹。

---

① 指安布罗西，时年已 75 岁。
② 此处作美人解。

致屠格涅夫[①]

屠格涅夫，你是忠实的庇护者，
专庇护牧师、犹太人和阉教徒，
而对耶稣会教徒和蠢货，
以及我那一事无成、平素
无忧无虑而悠游的懒惰——
带给我愉快梦幻的女友，
你却是极为幸运的迫害者！
为什么你要耻笑于我，
当我用虚弱无力的手指
带着颤栗在诗琴上抚弄，
在不很嘹亮的琴弦上只是
寻觅爱情的柔弱声音——
让心灵感到亲切的苦凄？
我把心儿交给了欢乐，

① 亚·伊·屠格涅夫（1784—1845），宗教事务司司长，圣经公会秘书，普希金的朋友；持进步文学观点，阿尔扎马斯社成员，和当时许多优秀作家保持良好的友谊关系。

总是甜甜蜜蜜地入睡，
只有你把根深蒂固的慵懒
同劳作的意愿紧密结对；
只有你是热烈的情人，同时
爱着索罗米尔斯卡娅和十字架，
一会儿和美人儿通宵跳舞，
一会儿宣扬基督的博大。
赴婚礼和圣经公会的会议，
终日奔忙于操劳和娱乐，
才在舞会上放走鲁宁娜[①]，
又去扶助颤抖的孤儿；
帕耳那索斯可爱的懒虫，
竟然遗忘了情场上的悲痛，
在阿尔扎马斯社含笑打盹，
又在德拉瓦尔伯爵[②]家入梦；
肩负着有名无实或者
繁重职务的艰难重担，
只有你还能腾出时间
来耻笑我无所事事的慵懒。

　　你再也不要叫我去干那
我已经永远扔下的工作，
无论是经受诗歌的奴役，

① 未来十二月党人鲁宁的妹妹。
② 德拉瓦尔（1761—1846），上流社会沙龙的主人。

还是润饰写好的诗歌。
何必呢，既然我常常犯错，
有时也写得十分平庸，
还是让尼涅塔用她的笑靥
把我那无牵无挂的爱情
熊熊地燃起，给我以慰藉！
写作从来是平淡而徒劳，
一首长诗怎么也不值
美人儿唇边妖媚的一笑。

致***

不要问我，为什么在欢愉之中
我常常郁郁不乐，愁思满怀，
为什么我总忧愁地看待一切，
连生活的美梦也不觉得可爱；

不要问我，为什么我灰心丧气，
就连欢乐的爱情也不再迷醉，
我再也不对谁唤一声“亲爱的”——
爱过的人已经不会再爱上谁；

尝过幸福，就不会再感到幸福。
我们的幸福只是过眼云烟，
失去了青春、欢乐和爱情的甜蜜，
剩下的只是惆怅和忧烦……

* * *

我没有去过异邦，却喜欢它们，
对自己的国家也常有怨言，
我曾经自问：在我们祖国，
何处有天才，何处有真知灼见？
何处有心灵高尚的公民，
崇高而热烈地追求自由？
何处有美女，并不冷若冰霜，
却热情、活泼、可爱、娇柔？
何处有言谈，绝非言不由衷，
而是精辟、风趣、知识渊博？
对谁无须冷淡和敷衍？
我几乎憎恨自己的祖国——
可是昨天我见到戈利岑娜[①]，
从此便不再埋怨我的国家。

① 叶·伊·戈利岑娜（1780—1850），彼得堡一文艺沙龙的女主人，普希金常去她家。

致女友

在悲哀的闲暇中我已把诗琴忘记，
在幻想中我的想象力已不再飞驰，
我的才华带着青春的禀赋远走高飞，
我的心也已逐渐冷淡，慢慢地关闭。
当我这心境平静的诗歌崇拜者，
抚着得心应手的诗琴轻轻地歌唱
那爱恋的激情，别离时刻的愁闷——
而那橡树林的隆隆的轰响
把我这沉思的歌声带给了群山，——
我又一次向你呼唤，啊，我青春的岁月，
　你，在宁静的生活中安然飞逝的
　　充满友谊、爱情、希望和淡淡哀愁的岁月……

可是，全是枉然！我背着可耻的懒散的包袱，
不由自主地在冷漠的梦境中蒙眬睡去，
我离开了欢乐，离开了亲爱的缪斯，
噙着满眶的热泪，告别那诗人的声誉！

但是，蓦地有如闪电一般，
青春又在凋萎的心中燃起烈火，
心灵苏醒了，充满了活力，
重新懂得了爱的希望、悲哀和欢乐。
一切又都变得生气勃勃！我感觉到生命的跃动，
我又兴高采烈地目睹大自然的瑰丽，
我的感觉更加敏锐，我的呼吸更加欢畅，
美德更加强烈地叫我入迷……
我要赞美爱情，我要赞美诸神！
甜润的诗琴重新响起青春的乐曲，
我抱着复活的诗琴，弹出嘹亮的颤音，
在你的脚下迷醉！……

自由颂[①]

（颂诗）

走吧，从我的眼前走开，
西色拉岛娇弱的女皇！
你在哪里，威胁帝王的风暴，
自豪的歌手[②]？你把自由歌唱。
来吧，把我的桂冠摘去，
打破我这柔弱的诗琴……
我要为世人歌唱自由，
我要惩罚皇位上的恶行。

请给我指点那崇高的高卢人[③]
留下的高尚正直的足迹，
在那众所周知的忧患中，

① 普希金在世时，《自由颂》就以手抄本形式广为流传，后来传到沙皇手里，成了把普希金流放南方的主要罪名。《自由颂》写于1817年底，表达了普希金年轻时的政治观点。

② 指诗神。

③ 指法国诗人勒布伦（1729—1807），他在法国资产阶级革命时期创作了爱国诗歌，如《法兰西人民颂》等，思想上接近启蒙主义。

是你激励他写出勇敢的颂诗。
颤栗吧！玩乐命运的宠儿，
统治世界的暴戾的君王！
而你们，沉沦在痛苦中的奴隶，
鼓起勇气，听吧，挺起胸膛！

啊！我举目四望，只看见
到处是皮鞭，到处是镣铐，
到处是法律致命的耻辱，
对奴役的无可奈何的号啕；
在日益加深的偏见之中①，
到处都是不义的权力
爬上了宝座——那是奴役的天才，
他们注定要热衷于沽名钓誉。

只有强有力的法度和那
神圣的自由牢固地结合在一起，
只有法度的坚强后盾保护着人民，
只有公民们可靠的手里
紧紧掌握着法度的利剑，
平等地对待所有的人民，
用它正义的力量从高处
猛烈打击可恶的罪行，

① 指和反动教会的勾结。“偏见”指教会的偏见。

只有法度的手不可收买，
它不怕权势，也不枉法贪赃，
到那个时候人民的苦难
才不会压在沙皇的头上。
统治者们！给你们冠冕和皇位的
是法度，而不是什么天神，
你们高踞于人民之上，
但法度却永远高于你们。

假如法度无意之中睡着了，
假如人民或者是帝王
得以利用法度实行专制，
那就是整个民族的祸殃！
啊，那著名的错误的受难者，
我要请你来作个见证，
在不久以前发生的风暴里，
你为祖先付出了皇帝的生命①。

路易一步步登上刑场，
他面前是沉默无言的后代，
他把那摘去王冠的头颅
伸向叛逆者的血腥断头台。
法度沉默着，人民沉默着，

① 此处指法国国王路易十六（1754—1793），1789 年法国资产阶级革命爆发后，因阴谋复辟，于 1793 年 1 月被处死。

罪恶的斧头猛然落下……
从此那备受奴役的高卢人
便处于恶徒[①]的皇袍阴影下。

我憎恨你和你的皇位，
不可一世的专制的魔王！
我要幸灾乐祸地看到
你和你的子孙的灭亡。
人民将在你的额头上
看到备受诅咒的印记，
你是世界的灾星，自然的耻辱，
是你在世上咒骂了上帝。

子夜时分，在昏暗的涅瓦河上
闪烁着一颗明亮的星星，
有一个无忧无虑的人
正沉浸在宁静的美梦之中，
这时一个沉思的歌者
凝视着那暴君的荒凉遗迹，
那是一座被遗忘的宫殿[②]，
现出可憎的面目在雾中沉睡，

他听见那森严的宫墙后面

---

① 指拿破仑。
② 指米海洛夫宫，以下写俄皇保罗一世被刺的事。

克利俄[①]令人颤栗的声音，
她如此真切地亲眼目睹
那个暴君临终时的一瞬，
她看见一群诡秘的凶手
佩着绶带和勋章走过，
在酒意和仇恨中熏然陶醉，
满脸凶相，心里却在哆嗦。

不忠的卫兵故作沉默，
吊桥悄悄地放了下来，
那受贿的内奸伸出黑手
在夜晚的黑暗中把宫门打开……
啊，耻辱！啊，我们时代的悲剧！
土耳其精兵野兽般攻打进来！……
进行了极不光彩的袭击……
那戴皇冠的恶徒掉了脑袋。

啊，沙皇们，要记住这个教训：
无论是刑罚，无论是奖赏，
无论是牢房，无论是神坛，
都不是你们可靠的宫墙。
你们必须首先在法度的
可靠庇护下把头低垂，
那时，人民的自由和安宁
将成为皇位的永恒守卫。

---

① 缪斯之一，主管历史。此句指历史的宣判。

寄戈利岑娜公爵夫人《自由颂》
（附诗）

我是大自然陶冶下的诗人，
因而我总是憧憬着自由，
常常讴歌这美好的幻想，
在其中呼吸，畅快而优游。
但我看着您，听您的言谈，
结果呢？……我这软弱的人！……
我情愿永远失去自由，
从心里向往奴隶的命运。

致克里夫佐夫[1]

亲爱的朋友，别吓唬我们，
说什么新筑的坟墓在附近：
说实话，我们无暇顾及
这种微不足道的事情。
且让别人去慢慢地啜饮
那冰凉的生命之杯吧；
我们要珍惜可贵的生命，
欢度我们的青春年华；
每个人都处在自己的坟墓旁，
我们就坐在那里的门槛上；
我们祈求着新鲜的花冠，
向着那位佩福斯的女皇[2]。
在这额外的慵懒的一刻，
让我们把圆圆的酒杯斟满，

① 尼古拉 · 克里夫佐夫（1791—1843），1812 年卫国战争的英雄，对普希金早期思想产生过影响。
② 佩福斯的女皇指阿佛洛狄忒（即罗马神话中的维纳斯）。

然后我们这一群幽灵
才一起奔向静静的忘川。
我们临终的一刻是快乐的，
这一群顽皮小子的女伴
将会把他们轻飘的骨灰
装进宴会空余的酒坛。

* * *[1]

奥尔洛夫和伊斯托敏娜[2]
赤身露体地躺在床上。
这位朝三暮四的将军
欢爱中不见他有何擅长。
不想委屈这位意中人，
拉伊莎[3]拿来一台显微镜，
然后对他说：“请让我瞧瞧。”
…………

① 这首诗存于抄件中。
② 俄国芭蕾舞女演员。
③ 此处指伊斯托敏娜。

* * *[①]

不要威胁一个懒惰的年轻人。
我不期待那来之过早的夭亡。
我会无所焦虑，亦无所怨怼，
戴着爱的花环，走向安息的坟场。

我来去匆匆，也很少有过欢乐……
只是有时采一枝快乐的花朵——
　　我看到的生活只是开头
　　…………

① 这是一首未写完的诗。

* * *[1]

愿望终于实现！我终于看见了你们，
啊，奇妙的阿尔扎马斯，啊，勇敢的缪斯的友人！

——

在这里，我们的提尔泰奥斯[2]歌颂过燕麦羹和亚历山大，
　　在这里，预言扎哈罗夫死亡的是卡珊德拉[3]……

——

……戴着随便制作的尖顶帽，
手里拿着哗啦棒[4]、月桂枝和打人用的树条。

---

① 这是普希金第一次参加阿尔扎马斯社活动的发言片断，根据听众的记忆录成。
② 提尔泰奥斯（公元前 7 世纪下半期），古希腊抒情诗人。此处指茹科夫斯基，他写过《燕麦羹》和《致亚历山大》等诗。
③ 希腊神话中的特洛伊公主，能预卜吉凶，曾预言特洛伊城将被攻陷。此处是阿尔扎马斯社成员布鲁多夫的绰号，1815 年 12 月 16 日他在阿尔扎马斯社谈到“俄罗斯语文爱好者座谈会”成员扎哈罗夫。
④ 一种能击响的玩具。

一八一八

酒神的盛典

这奇妙的喧响、热情的欢呼来自何处?
这铃鼓和铜钹在召唤谁，前往何方?
　　这些脸儿为什么喜气洋溢?
　　村民的歌声为什么如此嘹亮?
　　是欢乐的自由在他们中间
　　　　接受喜庆的花环。
　　但人群在向前移动……
他来了……那就是他，万能的神!
　　是那和善的酒神，他永远年轻!
　　那是他，瞧，他是印度的英雄!
　　啊! 多么快乐! 琴弦已酩酊大醉，
　　颤动着，准备一鸣惊人，
　　奏出毫不虚伪的赞颂。

　　让我们一醉方休! 把酒杯拿来!
　　快取来新鲜的花环!
　　奴隶们，在哪儿呀，酒神的手杖?

勇士们，让我们奔向和平的战场！

　　那就是他，是酒神，啊，欢乐的时刻！
　　他手里举着权力无边的手杖；
　　葡萄藤编就的花环
在他黑色的鬈发上发出金光……
酒神在疾驰。年轻的猛虎
怒吼着，驯服地拉着他前进；
厄洛斯和游戏之神在周围盘旋——
唱着颂歌对他表示尊敬。
他的后面簇拥着一群
长着羊腿的萨堤罗斯和法翁，
犄角上缠绕着常春藤；
跟在飞驰的快车后面，
奔跑着熙熙攘攘的人群，
有的手里拿着芦笛，
有的举着忠实的金樽；
有个人失足跌了一跤，
把手里紫红的美酒泼在
天鹅绒地毯一般的田野上，
引得朋友们哈哈大笑。
我看见远处一支奇异的队伍！
快乐的铜钹在哐哐敲响；
年轻的仙女和西尔瓦诺斯[①]

① 罗马神话中的乡村神，法翁的儿子。是森林、田野、畜群和牧民的守护神。

在热闹的环舞中跳得正欢，
他们抬着不动的西勒诺斯……
美酒在倾注，泡沫在翻腾，
玫瑰花瓣撒遍了周围；
在酣睡的老头后面人们举着
　　酒神的手杖——和平胜利的象征，
　　还有一个沉甸甸的金杯，
　　上面覆盖着蓝宝石的杯盖——
　　酒神的礼物多么珍贵。

　　但是远方的岸边在喊叫。
　　酒神的狂女们[①]在山上奔跑，
　　她们的肩上披着长发，
　　裸着身，头上装饰着葡萄。
洪亮的铜钹在她们的手中旋转，
敲响着，呼应她们可怕的欢叫。
她们手拉着手，一起飞奔，掠过，
　　跳着迷人的舞蹈，践踏着草地，
　　　　一群狂热的青年
　　　　聚集在她们的周围。
　　发狂的少女们唱着歌；
　　她们那情意绵绵的歌唱
　　往心里倾注着情焰，
　　她们的胸中燃烧着渴望；

① 罗马神话中酒神的女祭司。她们不穿衣服，参加酒神节，狂歌乱舞。

她们的明眸闪耀着疯狂和慵倦，
在明白表示：去捕捉幸福！
她们那热情洋溢的动作
一开始就向我们表现出
可爱的慌乱、内心的羞涩、
羞怯的愿望——然后就是
欢乐中的亢奋和粗鲁。
可是她们又挥着手杖，奔跑起来，
分散到山冈和田野上；
她们的喊叫又在远处响起，
回声在森林里隆隆震荡：
让我们一醉方休！把酒杯拿来！
快取来新鲜的花环！
奴隶们，在哪儿呀，我们的手杖？
勇士们，让我们奔向和平的战场！

朋友们，在这无限美好的日子，
让我们把世间的烦恼忘记！
让那泛着泡沫的美酒流淌吧
为表示对酒神、缪斯和美女的敬意！
让我们一醉方休！把酒杯拿来！
快取来新鲜的花环！
奴隶们，在哪儿呀，我们的手杖？
勇士们，让我们奔向和平的战场！

* * *[1]

什么时候你再来紧握这只手？
是它赠与你卡里忒斯的圣经[2]，
让你在分别之时留作纪念，
让你在枯燥的旅途上解闷。
在年轻人嬉戏游玩的档案馆，
在西色拉岛上爱神把它找到。
愿你凭着自己虔诚的心
按它的昭示向维纳斯祷告。
再见吧，我的伊壁鸠鲁信徒！
愿你永远保持今天的风貌。
向阴沉的阿尔比恩飞去吧！
愿耶稣基督和忠实的丘比特
在异乡保佑你平安幸福！
把家神带到异国去吧，

① 这首诗是为送别尼·克里夫佐夫去伦敦任职而作的。
② 指伏尔泰的叙事诗《奥尔良少女》。

但要把往昔的岁月记住，
爱你那已不纯真的兄弟，
他总为肉体的爱情痛苦！

病　愈[①]

亲爱的朋友，我可是看见了你？
也许这不过是虚假的梦幻、
朦胧的幻象，是病中高烧时
发生的谵妄使我幻想联翩？
在不幸生病的苦恼时刻，
多情的少女，是你站在我床前，
身穿军装，显出可爱的笨拙？
我才看见你，我模糊的眼睛
认出了戎装下熟悉的婀娜：
我用虚弱的声音呼唤着女友……
但脑海里又涌现恼人的幻影，
我用虚弱的手在黑暗中寻找你，
突然我感觉到你的气息和泪水、
发烧的前额上湿润的亲吻……

---

① 这首诗是写给伊丽莎白·肖特-舍德尔的，普希金患病时她曾穿着骠骑兵军装去看望。

不朽的神灵啊！生命之火
以多大的欲望的激情烧遍我的心！
我浑身在沸腾，在战栗……
这时你已像一个美丽的幻影消遁！
残酷的朋友！你竟用惊喜折磨我：
快来吧，爱情会使我沮丧！
在宁静温馨的夜晚，
来吧，迷人的女郎！让我再一次看看
你那军帽下天仙般的双眸、
斗篷和军人的腰带，
一双穿上军靴的美足……
我的俊俏的军人，别拖延，快快来，
来吧，我等着你：诸神会再次赐给我
珍贵的礼物——健康，
还有神秘的爱情与青春的嬉戏
带给心灵的甜蜜的激荡。

致茹科夫斯基

当你怀着崇高的心灵
热烈憧憬着那幻想的境界，
你伸出手来把诗琴抱在
膝上，心情是那么急切；
在神奇的幽暗中各种幻象
在你的面前交替出现，
灵感像一个急速的寒噤
竟使你浑身毛骨悚然——
你做得对，你写诗是为少数人①，
不是为了忌妒的评论家，
也不是为了那些收集
别人的见解和消息的傻瓜，
而是为了“天才”的严格的朋友，
为了神圣的“真理”的知音。

① 茹科夫斯基印了一本翻译的诗集，题为《给少数人》，只赠给亲近的朋友。

幸福并不喜欢每一个人，
不是人人都为桂冠而生。
这样的人有福了：谁能在崇高的
思想和诗篇中感受到快意！
谁的美好命运注定他能
从美好的事物中获得欢愉，
谁能怀着火热而明朗的
喜悦理解你狂喜的心绪。

题茹科夫斯基肖像

他的诗如此甜蜜，令人心醉，
这品格将流传千百忌妒的世纪，
听着这些诗，青春将为光荣而叹息，
黯然销魂的悲哀将感到安慰，
欢欣雀跃的喜悦将耽入沉思。

题卡切诺夫斯基[①]

佐伊尔！你已被一只不朽的手掐死，
这一次你也不配烙上耻辱的印记！
你的耻辱难道还需要变换花样？
我们的塔西佗[②]难道会看你一眼？
老实点吧，以前的一句诗已够你受用：
“德方丹屁眼里爬出的一条蛆虫”[③]！

---

① 米·特·卡切诺夫斯基（1775—1842），俄国历史学家，评论家，曾任《俄罗斯导报》编辑。他因攻击卡拉姆辛的《俄罗斯国家史》而引起普希金的不满，故写此诗加以讽刺。
② 塔西佗（约55—约120），古罗马历史学家。
③ 此句引自俄国诗人德米特里耶夫讽刺卡切诺夫斯基的短诗《回答》。德方丹-居约（1685—1745），法国作家和批评家。

致幻想家

你在痛苦的痴情中寻找欢乐，

　　你感到快慰，只因为你流泪，

因为你用徒然的热情去煎熬幻想，

把淡淡的哀愁深深地在心中藏匿。

没经验的幻想家，请相信，你不会去恋爱。

寻求悲伤的情人，假如你一旦

为追求爱情而可怕地丧失理智，

你的血液里沸腾着爱情的毒焰，

你躺在床上苦度失眠的长夜，

你愈加苦恼，只因为苦苦地思念，

　　你呼唤着自欺欺人的安宁，

　　徒然合上痛苦的双眼，

你号啕痛哭，抱起火热的被窝，

在疯狂中憔悴，愿望终无法实现——

　　请相信，那时你再不会

　　沉溺于徒劳无益的幻想！

　　不，不：那时你会含泪

跪在傲慢的情人面前，

颤栗，发狂，脸色发白，

直对着上帝狂呼乱喊：

“上帝啊，请你还给我失去的理智，

从我面前带走那命定的形象，

我不能再恋爱下去，请给我安宁……”

然而那恼人的爱情、难忘的倩影

已永远和你血肉相连。

致娜·雅·普留斯科娃[1]

我不想用谦和而高贵的诗琴
去颂扬那些人间的神明，
我以自由为骄傲，对权贵们
决不巴结讨好、阿谀奉承。
我只学习将自由讴歌，
我的诗篇只为它奉献，
我生来不是为愉悦帝王，
我的缪斯一向羞于颂赞。
但我要承认，在赫利孔山下，
卡斯达里泉水流淌的地方，
我接受了阿波罗赐予的灵感，
曾悄悄为伊丽莎白歌唱。
我这目睹过天庭的凡人，
曾用我这烈焰般的心灵，

① 这首诗是为回答宫中女官娜·雅·普留斯科娃而作的。普留斯科娃曾倡议写诗歌颂伊丽莎白皇后。当时有人拥戴伊丽莎白，主张以伊丽莎白取代亚历山大一世。十二月党人格林卡曾持这种观点。

热烈歌唱过皇位上的美德，
和她那亲切美丽的玉容。
我的爱，还有那隐秘的自由
启发了我心中朴素的歌咏，
我那不可收买的声音
是俄罗斯人民忠实的回声。

讽刺短诗[①]

他的《史》写得优雅而真诚，
毫无偏袒地向我们论证
　　　专制的必要，
　　　鞭子的美妙。

① 这首诗讽刺俄国作家卡拉姆辛所作的《俄罗斯国家史》。

童 话[①]

（圣诞歌）

乌拉！到处游荡的暴君
骑马驰回了俄罗斯。
救主在伤心地痛哭，
全国的民众也跟着悲泣。
这下急坏了马利亚，她赶忙把救主来恐吓：
“孩子，别闹，主啊，别闹：
妖怪来了——他是俄国的沙皇！”
沙皇走进来，庄严地宣告：

“注意，全俄国的人民，
现在全世界都清楚：
我给自己做了一件
普鲁士和奥地利式的制服[②]。

---

① 沙皇亚历山大一世曾在波兰王国第一届议会开幕式上发表演说，许诺给俄国制定一部宪法，普希金在这首诗中把亚历山大一世的演说称为“童话”，揭露其演说的欺骗性。

② 1815 年拿破仑帝国崩溃后，俄、普、奥三国君主在巴黎结成反革命的“神圣同盟”，俄国为“神圣同盟”之首。

啊，民众们，你们应该高兴：我吃饱、健壮而肥胖，
报刊到处把我颂扬，
我吃饱、喝足，并且许愿——
再不必把事情放在心上。

“请听我再补充一句，
以后还有些什么打算：
我要叫拉甫罗夫[①]退职，
把索茨[②]送进疯人院；
我要制定法律，代替戈尔戈里[③]的统治，
我要给人们做人的权利，
这都是我沙皇的洪恩，
这都是我沙皇的慈悲。”

孩子因为高兴，
在床上欢蹦乱跳：
“难道真有这样的事？
难道这不是开玩笑？”
母亲对他说：“睡吧！睡吧！快闭上你的眼睛，
到了睡觉的时候啦；
你听着吧，这是沙皇爷
在讲有趣的童话！”

---

① 拉甫罗夫，警务部执行司司长。
② 索茨，警务部书刊检查委员会秘书。
③ 戈尔戈里，彼得堡警察局长。

致荡妇

何必用这无耻的打扮、
妖媚的声音、挑逗的眼神
去挑动一颗年轻人的心，
用如此轻柔、甜蜜的嗔怪
去轻易地赢得对方的钟情！
何必如此地虚情假意，
装出羞羞答答的模样，
还懒洋洋地随意挑逗，
嘴唇发颤，脸上也发烫？
狡猾的做作完全是白费：
罪恶的内心里没有生命，
油然而生的冷峻愤懑
就是我对你致命的回应。
谁没有在漆黑的夜色当中
占有你那骄人的美色？
你说：在你那可耻的居处
谁没有用大胆的手敲开

你那论价而开的房舍？
不，不，荡妇啊，快把
你枯萎的花环送给别人，
用你自己的怀抱去爱抚
未经世故的疲惫游魂；
快打消你那非分的邪念，
别去勾引缪斯的门生
来光顾你那险恶的前胸。
送给别人吧，那租用的枷锁，
进行无耻交易的春情，
赚取钱财的冰冷接吻，
强迫自己生成的欲念，
还有那用金钱买来的兴奋！

致恰达耶夫[1]

爱情、希望和令人快慰的声誉
并没有长久地使我们陶醉，
年轻时的欢乐已成为往事，
像梦、像朝雾一般消退；
但我们胸中还燃烧着一个心愿，
在命定的桎梏重压下辗转不安，
我们的心灵正在焦急地
谛听祖国发出的召唤。
我们正忍受着期待的煎熬，
翘望那神圣的自由时代，
就像一个年轻的恋人，
在等着确定的约会到来。
趁我们还在热烈地追求自由，
趁我们的心还在为正义跳动，

① 恰达耶夫是当时驻在皇村的近卫骑兵团军官、政治家，反对专制制度。普希金在皇村学校读书时和他结识，思想上深受他的影响。这首诗曾以手抄本形式广为流传。

我的朋友，快向我们的祖国
献上心中最美好的激情！
同志，请你相信吧：那颗
迷人的幸福之星必将升起，
俄罗斯会从沉睡中惊醒，
那时在专制制度的废墟上，
人们将铭记我们的姓名！

断　章

*　*　*

果园中的万能之神，我匍匐在你面前，
普里阿普斯①，大自然把一切都献给你。
我把你丑陋的形象连同我的祈祷
　　一起供奉在我简朴的园地。
我并非要你赶走固执的山羊
和小鸟，让它们远离未成熟的嫩果，
在快乐的乡亲们欢舞时我要用野玫瑰
　　做成花环来为你增色。
　　…………

① 希腊神话中的男性生殖力之神和阳具之神，一说是园艺葡萄种植之神，同时又是婚姻和畜牧之神。

*　*　*[①]

啊！初恋的魅力！……

维兰德[②]

橡树林，我怀着闲适的宁静，
在这里幸福地迎来每一天，
如今我又来到你的穹隆下，
在你深情的清荫下流连。
我心中又复活了往日的欣喜，
我那失去的青春华年，
苦苦思念中的一丝甜蜜，
内心深藏的初恋情思，
又重新在我心中掀起波澜。
缪斯遗世独立的宠儿，
在这迷人的橡树林清荫中
曾目睹她少女时代的嬉戏，
看着她，我不由得怦然心动。
我看到，她成长得鲜花一般，
凭借丰富的想像，我猜想，
她那仍然朦胧的容颜
必定是出落得国色天香，
对她的思念给了我灵感，

---

① 这是一首未完成诗的草稿。
② 原文为德语。

我吹出了排箫的第一个乐音，
还教会我的心将隐秘保全。
…………

致 ***

那个在你身边沉醉的情人，他真幸福，
他无须战战兢兢就能捕捉你明亮的流眄、
你那令人迷醉的举止、戏谑的谈笑，
和那令人难忘的笑颜。

* * *

我曾经听说，在我们这人世
唯有友谊才是最美好，
没有友谊就没有欢乐，
没有了平静的友谊之光，
生活的道路将会很难熬。
但请听我说，有另一种感情：
它让人欢愉，也让人苦恼，
无论是工作、操劳或休息，
它并不打盹，总是在燃烧；
它让人痛苦，它残酷无情，
它会让我们精神沮丧，
希望的慰藉也不能治愈

我们那深重的心灵的创伤……
这就是爱情，我心里在燃烧！……
在青春年华，我将要枯萎，
可我并不想把它治好……

* * *

多么令人惊喜！……可是，上帝啊，听你说话，
看见你可爱的流眄，是多么危险！……
难道我能忘怀你的微笑，美目流转，
和那热情洋溢、富有魅力的言谈？
迷人的姑娘，为什么让我看见你——
认识了你，我才尝到幸福的滋味——
并且对自己的幸运产生了妒意。

* * *

听我说，老爷爷，每一次当我
瞥见这座列特列尔城堡，
我就想：如果这是一篇散文，
即使是拙劣的散文，是否更好？……①

① 前两句引自茹科夫斯基的诗《腐朽》，后两句表示对茹科夫斯基无韵诗的否定。

致科洛索娃[①]

啊，你啊，我国舞台的希望！
到处都在为你准备庆典，
在墨尔波墨涅的豪华演出中，
在爱情的悄无声息的祭坛。
当你第一次出现在我们的面前
…………

① 叶·伊·科洛索娃（1782—1869），俄国芭蕾舞女演员。此诗是一篇未写完的草稿，与科洛索娃的首次演出有关。但是在《我看俄国剧坛》中（见本集第十二卷），普希金对科洛索娃的演出持否定态度。

一八一九

题斯图尔扎[①]

那个加冕军人[②]的走狗，
你得感谢自己的命运：
你配戴赫洛斯特拉特[③]的桂冠，
也配受德国人科策布[④]的死刑。

---

① 斯图尔扎（1791—1854），政论家、神圣同盟的思想家，他在《德国现状》一文中把德国各大学说成革命思想和无神论的策源地，建议应受警察监视，引起德国社会各阶层的愤怒，后逃回俄国。

② 加冕军人指亚历山大一世。

③ 赫洛斯特拉特，希腊人，为留名后世，于公元前356年焚烧了世界七大奇观之一的以弗所阿耳忒弥斯神庙。

④ 奥古斯特·科策布，俄国政府的间谍，著名作家，被德国大学生灿德刺死。

致奥·马松[①]

奥尔加，塞浦律斯[②]的教女，
奥尔加，你是美女中的奇迹，
你多么惯于慷慨而随意
施展你的柔情和怨怼！
你用充满情欲的热吻
使我们个个心慌意乱，
而你约定的秘密时分，
那快乐直叫人梦萦魂牵。
我们怀着狂热的爱情，
按约定时分跑去敲门，
虽然敲了足足上百下，
只听见你那狡黠的低语，
以及女仆睡意的咕唧，
还有拒人门外的嘲弄话。

① 一个彼得堡半上流社会女子。
② 塞浦律斯，希腊神话中爱与美的女神阿佛洛狄忒的另一名称，因塞浦路斯岛得名。

为了欢快的放浪消遣，
普里阿普斯的荒谬乐趣，
为了柔情，也为了金钱，
还为了你那迷人的娇媚，
奥尔加，欢乐生活的祭司，
请听听我们苦恋的呼唤，
为我们约定个确切的日期，
那狂欢的夜晚，销魂的夜晚。

多丽达

多么可爱啊，多丽达的金发，
浅蓝的明眸和苍白的面颊。
昨晚我告别了朋友的宴请，
就在她的怀抱里畅饮欢情；
一阵欣喜紧接着一阵欣喜，
欲望熄灭了忽又重新燃起；
我酥软了，但在朦胧的昏黑中，
我仿佛看见了另几个面孔，
我心中充溢着难言的伤悲，
我又轻轻呼唤另一个名字。

致 N. N. [1]

（致瓦·瓦·恩格尔哈特）

我从埃斯科拉庇俄斯[2]那里溜走，
虽然清瘦，但刮刮脸，仍生气勃勃；
他那苦苦折磨人的魔爪
已不再使我感到焦灼。
健康，普里阿普斯的好友，
还有梦，还有那甜蜜的安逸，
像从前一样，又来光临
我这狭小而简陋的蜗居。
你快来安慰我这初愈的病人吧！
我正急切地等着和你见面，
看看你这幸福的罪孽深重的人，
品都斯山贪图安逸的懒汉，
自由和酒神的忠实儿郎，
维纳斯的虔诚不贰的崇拜者，

---

① 这首诗写于 1819 年 7 月初病后，去米海洛夫村之前，是写给绿灯社成员恩格尔哈特（1785—1837）的。
② 罗马神话中的医神，此处作医生解。

主宰人间欢乐的君王!
离开京城的闲散浮华,
离开涅瓦河冷峻的美女,
离开长舌妇的飞短流长,
离开百无聊赖的日子,
那起伏的山峦、碧绿的草地、
荒凉僻静的小溪两岸、
园子里浓荫如盖的槭树、
乡间的自由,正把我呼唤。
伸出手来吧。我会来看你,
在阴沉的九月初那个时令:
我们将再一次举杯畅饮,
敞开胸怀,坦率地谈论
狠毒的达官贵人和蠢材,
那惯于阿谀奉承的恶奴,
还有主宰天庭的上帝,
有时也谈谈世上的君主。

致奥尔洛夫[1]

啊，你虽是俄罗斯将军，
可身上却兼备种种美德，
你的胸怀热情而坦荡，
你和蔼可亲，学问渊博；
啊，你每天都早早起床，
不辞劳苦去训练军队，
在马背上对疲惫的蓄胡子大兵
把历代沙皇的训示教诲；
在你盛怒的时候，你也不挥舞
令人轻蔑的刽子手的军棍，
损害自己煊赫的英名，——
奥尔洛夫，你说得对，我已忘记
想当一名骠骑兵的梦想，
而同所罗门[2]一起感叹：

---

① 阿·费·奥尔洛夫（1786—1861），近卫骑兵团团长。
② 所罗门，公元前965年至公元前928年以色列-犹太王国国王，据《圣经》记载，他智慧异常。

军装和马刀不过是虚幻一场!
我不想把自己的希望寄托在
基谢廖夫将军[①]的身上,
他很亲切,这毫无疑问,
他还痛恨诡诈和愚妄;
在热闹而温良谦恭的筵席上,
我喜欢坐在他的身边,
听他侃侃而谈,直到夜晚;
但他是一位宫廷要人,
轻诺寡信已屡见不鲜。
我已平息了从军的念头,
不留小胡子,也不穿军衣,
我将怀着隐秘的自由,
和芦笛、安适、大自然一起
在祖先的树林清荫下隐居;
在湖边,在宁静安谧的农舍,
或者在草木茂盛的牧场,
或者在丰饶肥沃的山坡,
戴着布哈拉帽,穿着晨衣,
我将把诸神尽情歌唱,
我将等待。有朝一日剑神
从宁静的卧榻一跃而起,
战争的召唤响彻云霄,
我立即离开这安谧的田地;

① 基谢廖夫(1788—1872),俄国伯爵。

柏洛娜热血沸腾的门生，
御前忠诚不贰的公民！
奥尔洛夫，我立即投奔你的麾下，
加入你那英勇善战的大军；
在营帐里，在战斗和烈火中
我将带上宝剑和战斗的诗琴，
一边在你面前奋勇杀敌，
一边歌唱你征战的功勋。

致谢尔宾宁[①]

亲爱的朋友，这样的人才活得舒坦，
他不为愚蠢的情欲而罹病，
他没有闲空去说爱谈情，
他兴趣广泛，一切都很顺心；
傍晚时分，在隐秘的酒宴上，
你对娜金卡[②]百般温存，
畅饮着芬芳清醇的美酒，
吃着油腻的斯特拉斯堡馅饼；
他远远丢开各种操劳，
做一个弟子忠于佩福斯信条，
伴着妙龄的西色拉神女，
共度一个忠贞的良宵。
早晨他可以甜甜地睡个够，
拿《荣军报》这小报把时光打发；

① 米·谢尔宾宁（1793—1841），绿灯社成员。
② 虚拟的女性名字。

整天在寻欢作乐中度过，
夜晚又是塞浦律斯的天下。

谢尔宾宁，快乐的玩乐朋友，
趁我们都还年轻健康，
和爱神、玩乐、美酒在一起，
难道我们不是这样欢度时光？
但青春岁月在飞快逝去，
欢愉、享乐将离开我们，
感情不会再听从愿望，
心儿也会枯萎和困顿。
到那时——没有歌声，没有女友，
没有欢乐，也没有雅兴——
亲爱的朋友，要寻找安慰，
只有在追忆的朦胧的梦中！
那时，我将对你摇摇头，
在坟墓的门口对你说道：
“亲爱的，你可记得芳妮[①]？”
我们将轻轻地相视而笑。

① 虚拟的女性名字。

乡　村[1]

我向你亲切地致意，荒僻的一隅，
充满恬静、劳作和诗兴的田地，
在这里，我的年华在幸福和忘怀中
　　不知不觉地流逝。
我是你的，我已抛弃了喀耳刻[2]罪恶的迷宫、
种种谬误的行径、玩乐和奢侈的饮宴，
醉心于橡树林轻轻的声响、田野的宁静，
醉心于自由自在的闲散，思考的友伴。

　　我是你的，我爱那幽暗的花园，
　　爱那里凉风习习，满园鲜花怒放，
我爱那一堆堆草垛散发着芬芳的草原，
那里清澈的溪流在树丛中潺潺地欢唱。
我面前，到处是生动活泼的图景，

① 此诗1819年7月写于米海洛夫村。主要思想是必须改变农奴制，正是这种信念把普希金和十二月党人联结了起来。
② 希腊神话中美丽的仙女，善诱人。此处指美女。

这里我看见两个波平如镜的碧蓝湖泊，
那上面时而闪耀着一片渔船的白帆，
湖泊后面是绵亘的丘陵和一道道阡陌。
　　远处农家的房舍星罗棋布，
湿润的湖岸上放牧着成群的牛羊，
烘房上轻烟袅袅，磨坊上风车转动，
　　到处是丰足和劳动的景象……

我在这里，摆脱了浮华虚空的镣铐，
学习在真理中寻求快乐和幸福，
用我自由的心灵去崇拜法度，
再不去听那无知世人滔滔不绝的怨诉，
我学习用同情去回答羞怯的祈求，
　　并不羡慕恶徒和蠢人的得势，
尽管他们用不义的手段谋取显赫一时。

古代的先知们①，我在这里向你们请教！
　　在这个幽深僻静的乡村，
　　你们那唤起欢乐的声音更加嘹亮，
　　它驱走了慵懒而忧郁的梦魂，
　　在我心中唤起工作的热情，
　　你们那富有创造力的思想，
　　正在我的心灵深处生成。
但是一个可怕的念头令人郁悒不欢：

---

① 指以前的作家。

人类的朋友是多么悲伤，
他看到在葱茏的田畴和群山之中，
到处是令人难堪的愚昧和落后的景象。
既看不见眼泪，又听不见呻唤，
这里野蛮的地主，无法无天，冷酷无情，
生来就是为了残害人民，
只顾用强制的皮鞭肆无忌惮
掠夺农民的财富、时间和劳动。
这里骨瘦如柴的奴隶
匍匐在别人的犁耙上，忍受着皮鞭的抽打，
在冷酷地主的田地里牛马般服役。
这里，所有的人都负着重轭，永无出头之日，
心里不敢存什么希望，也不敢有什么迷恋，
这里妙龄姑娘的青春
也只供无情恶徒的恣意摧残。
父辈们衰老了，他们最好的依靠——
年轻的儿辈，劳动中的同伴，
便在世代居住的茅屋中生养出
一大群家奴，让他们再受熬煎。
啊，但愿我的呼声能够震动人们的心！
为什么我的胸中徒然狂烧着热情？
为什么命运不赋予我惊人的雄辩才能？
啊，朋友！我会不会看见人民不再受欺压，
根据沙皇的诏令，废除了奴役？
在我们文明而自由的祖国的天空中
会不会有一天出现迷人的晨曦？

致家神

冥冥中保护宁静家园的神祇，
　我向你祈祷，善良的家神，
保佑我的村庄、树林和荒芜的花园，
　还有我家简陋的闲庭！
保佑田野免遭寒冷的雨水
和深秋时节阵阵寒风的侵袭；
　保佑及时的瑞雪降临
　我家湿润肥沃的土地！
隐秘的守护神，请驻守我家的祖宅，
让深夜潜入的盗贼胆战心惊；
　保护我家幸福的小屋
　远离恶人仇视的眼睛！
请在我家的周围仔细地巡视，
珍爱我家的园子和梦中的河岸，
　珍爱这片僻静的菜园，
连同那破败的柴扉和倾圮的短垣！
　珍爱这绿草如茵的山坡，

珍爱我懒散的脚步践踏过的草地、
菩提的清荫和槭树林喧闹的树冠——
　灵感和它们如此亲密。

女落水鬼[①]

在湖畔荒野的林中，
有一个修士在修行，
他做着艰苦的功课，
不断斋戒、祈祷、劳动。
老修士平静地用铁铲
为自己掘了个坟茔，
他对着神圣的圣徒，
恳求着了结这生命。

有一次在酷热的夏天，
隐士在低矮的小屋前
向上帝虔诚地祷告。
树林逐渐变得昏暗，
湖面上升起了薄雾，

① 俄罗斯民间传说中河湖里以长发披散裸体女人形象出现的精灵，系妇女溺水变成。

发红的月亮在云彩里
静静地飘游过天空。
修士举目望着湖水。

他望着，不由得吃惊，
连自己也不能明白……
他看见，波浪在翻腾，
突然又平静了下来……
蓦地……轻飘得像夜影，
洁白如初雪后的山冈，
走出个裸身的女子，
默默地坐在湖岸上。

她望着年老的修士，
梳理着潮湿的秀发。
圣洁的修士战栗着，
对着这美人儿发傻。
她对他频招着手儿，
急速地向他点点头……
突然，像闪过的流星，
隐入梦幻般的波涛。

忧郁的老头彻夜未眠，
第二天也没有祈祷——
他神思恍惚，眼前
闪现着神女的美貌。

树林又披上了夜色，
月亮在云彩里巡行，
那女子又坐在湖边，
是那么洁白而迷人。

她看着他，对他点头，
飞吻着，在远处笑闹，
戏弄、泼溅着浪花，
像孩子般哭哭笑笑，
她召唤修士，呻吟着……
“快点来呀……修士，修士！”
又沉入清澈的水中，
一切又归于沉寂。

第三天，那动心的隐士
坐在魔女出现的岸边，
等待着美丽的少女，
树影爬上了林间……
晨曦赶走了夜的幽暗：
修士已不见了影踪，
只有孩子们发现了
白胡子漂浮在水中。

未完成的画

是谁洞察、发现了
美的奥秘而兴奋万分？
啊，天哪，是谁的笔
画出了这天仙般的姿容？

是你这位天才！……可是
他受不了爱情的苦痛。
他默默凝视着这作品，
火热的心已变得冰冷。

幽　居

谁能在僻静的住处幽居，
远离那些苛刻的无知之徒，
在劳作和懒散、回忆和希望中
打发掉日子，谁就有福。
命运给谁送来了知音，
由于造物主的慈悲和帮助，
又能躲开使人昏睡的蠢货
和使人警醒的无赖，谁就有福。

欢乐的饮宴

我喜爱晚间的饮宴，
“快乐”是宴会的主宰，
“自由”在席间立法，
它最受我的崇拜，
“干杯”之声通宵达旦，
淹没狂叫的歌声，
客人坐得越加疏松，
酒瓶却挤得更紧。

致弗谢沃洛日斯基[①]

再见，宴会的幸福宠儿，
过惯自由生活的孩子！
就这样，你离开了我们的河滨，
离开了这奴役、粗暴、时髦，
以及怪诞的僵死的地域，
到达那安宁平静的莫斯科，
那里的人都懂得享受欢乐，
无忧无虑地逍遥自在，
喜欢千变万化的生活。
在亚洲那些地方，常有人
对我们一再说，生活是个玩具！
莫斯科是个极可爱的老太婆，
穿着长背心，戴着可敬的帽子。
它以斑斓的色彩、蓬勃的生气

① 弗谢沃洛日斯基，俄国进步文学团体绿灯社的成员。绿灯社常在他家举行聚会。

和变化无穷的姿态而诱人，
它拥有古代的奢侈、欢宴、
待字的姑娘、洪亮的钟声、
繁忙而轻浮的娱乐活动、
朴素无华的诗歌和散文。
你在那里喧闹的晚会上，
可以看到庄重的悠闲，
饰着花边的矫揉造作，
戴着金边眼镜的愚蠢，
脑满肠肥显赫的快乐，
手里拿着纸牌的沉闷。
你不过是个片刻的旁观者，
会站在一旁暗暗耻笑，
但不久，由于你热爱自由，
便会听从我诚挚的劝告，
那时候，你这位黄金般的慵懒
和欢娱作乐的忠实崇拜者，
便会离开这上流社会，
决心只为自己而生活。
我仿佛已经看见，你安居
在那远方偏僻的庭院中：
冰凉的爱伊[①]像一股清流，
在翻着泡沫的酒杯中沸腾；
新结识的朋友穿着晨衣，

① 一种法国香槟酒。

在懒洋洋的烟斗冒出的浓烟中
喧闹，畅饮！——满杯的烈酒
在狂热的宾客中依次传递，
在欢乐中你迅速送走了闲空；
在那里，一群埃及女郎①
对着你翩翩起舞，飞旋，
我仿佛听见了嘹亮的歌声，
柔情的呻吟、号哭和叫喊；
她们那些急剧的动作，
那狂热的眼睛闪动的火焰，
我的朋友，这一切都在
你心中引起醉人的震颤……
可是别忘记，亲爱的，这里
有一个人正在时刻等着你，
你那妙龄的女俘在悲叹，
整日里无精打采，精神萎靡，
怀着甜蜜的淡淡的哀愁，
偷偷躲开可怕的阿耳戈斯，
在窗口旁边轻轻地哭泣，
凝视着那故人离去的房子，
她那急切的愿望正连同
愁思和希冀飞向那里，
在那里，我们常常邀来
阿佛洛狄忒和酒神痛饮甘醴。

① 指茨冈（即吉卜赛）女郎。

啊，她那悲伤的眼睛是不是
能很快见到心爱的友伴，
在爱情面前，会不会落下
她那幽闭的忌妒的门闩？

而我们这伙被抛下的人，
我的同学，何时能变得更有生气？
亲爱的朋友，你何时来到？
我的心正追随着你的踪迹。
无论在哪里，你都能从青春的
欢娱的手中取得桂冠，
并证明，你对于那门深奥的
幸福的学问确实很内行。

皇　村

美好情感和昔日欢乐的珍藏者，
啊，你，橡树林的歌者早就熟知的保护神。
记忆啊，请你为我描绘
那与我息息相关的迷人的乡村，
描绘那树林，在那里我爱过，我的情感逐渐成熟，
在那里，我从幼年成长为初谙世事的少年，
在那里，我在大自然和幻想的抚育下
懂得了诗歌、欢乐和安恬。
走吧，走吧，带我到椴树林的清荫里去，
那里总是适合我这自由散漫的习气，
带我到湖边去，带我到静谧的山坡去！……
我将在那里重新看到绿草如茵的野地、
几棵苍劲的老树和色彩绚丽的山谷，
重新看到那片熟稔的肥沃湖岸的景色，
和那在平静的湖面上粼粼波光之中
游弋的一群神气骄傲而怡然自得的天鹅。

——

让别人去歌唱英雄和战争吧，
我却谦恭地爱上这蓬勃幽静的田园，
和英雄业绩的幻影格格不入，
我这缪斯的默默无闻的友伴
从今以后将向您——皇村秀丽的橡树林
献上安恬的诗歌和快乐的空闲。

* * *

在近处山谷后面的小树林，
清澈的溪水在欢乐地奔腾，
年轻的埃得温向阿丽娜辞行，
我听见他们最后的亲吻声。

月亮升起了，阿丽娜还坐着，
她的胸膛在沉重地起伏，
朝霞升起了，阿丽娜透过
白雾望着那空寂的小路。

在道别的垂柳下有一道小溪，
邻村的牧童常见她在那里，
当他在正午用幽怨的牧笛
召唤羊群到小溪饮水时。

过去了几年，又半年也已过尽，
我远远看见埃得温的身影，

他忧郁地沿谷地走向树林，
那里有清澈的溪水在奔腾。

埃得温看了看——一个教士
站在他告别恋人的垂柳下，
新坟上十字架高高竖起，
枯萎的玫瑰花环在上面悬挂。

他的心因恐惧感到震撼，
这里埋着谁？他读了读碑铭，
垂下头……跌倒在教士跟前，
我听见他最后一次呻吟声。

柏拉图主义[①]

当你耽入沉思的甜美，
我知道，丽金卡[②]，我的朋友，
你将自己的闲暇献给谁，
你悄悄避开多疑的女友，
牺牲了自己，又是为了谁。
那轻浮的诱惑者，可爱的浪子
使你感到无名的恐惧，
而喜曼冰冷傲慢的派头
也使你感到难以忍受。
于是你屈从于自己的天命，
跑去祈求另一个神灵，
那适时来临的荡漾春情
找到了一条荒凉的路径。
我看出你眼中微弱的情热，

① 意为精神恋爱。此诗是巴尔尼《西色拉一瞥》一诗的意译。
② 丽金卡是下文丽达的爱称。

我明白你闪烁不定的流盼，
你那变得苍白的脸蛋，
还有你那慵懒的举措……
你的神灵没有把全部的欣喜
赐予那向他膜拜的信士；
只有年轻人的谦逊才珍惜
他那神秘莫测的赏赐；
他喜欢充满幻想的美梦，
他能忍受闭锁的门户，
他羞怯地亲近寻欢的热情，
他是爱的兄弟，但很孤独。
当你在幽暗的漫漫长夜里，
为苦恼的失眠而饱受折磨，
他会用那秘密的神力
让你那朦胧的梦想复活，
和可怜的丽达温柔地叹息，
用手轻轻地挥去爱神
嘱托给她的美梦，驱去
她那少女甜蜜的宁静。
当你陶醉在寂寞的孤独里，
想要骗过爱情的追逐，
这是枉然——在这种享受中
你又会感到烦闷和痛苦……
莫非阿摩尔[1]看都不看

① 罗马神话中的爱神。

他那不曾祝福过的驻地？
你的美貌将玫瑰般萎蔫，
青春的瞬间将飞逝而去。
难道我的祈求已属枉然？
请把这唐突的梦想忘记，
你不会永远如此娇妍，
你的美貌不是为了自己。

致茹科夫斯基便函[①]

拉耶夫斯基，从前的“小伙子”，
后来已成了“勇敢的儿子”，
和普希金，帕耳那索斯山上
贞洁女神的不用功学子
来到了你的家，茹科夫斯基，
这遗憾真是难以形容，
在家里没有找到诗人，
结果当然是非常不幸，
我们带着法国小说《鲍里斯》[②]
回家，一路上别提多扫兴。
哪个圣徒，哪个皮条女
能把茹科夫斯基带来我的家？

---

① 普希金写这封便函是为了请茹科夫斯基去尼·尼·拉耶夫斯基将军家赴宴。普希金曾和拉耶夫斯基将军的小儿子去茹科夫斯基家邀请。诗中引用了茹科夫斯基所作《俄罗斯军营的歌手》中的诗句，拉耶夫斯基将军在抗法战争中曾率领两个儿子冲锋陷阵，其时两个儿子分别是 16 岁和 11 岁。茹科夫斯基的诗初稿时称他们为“小伙子”，定稿时改为“勇敢的儿子”。“当代的光荣”指拉耶夫斯基将军。

② 《鲍里斯》，法国作家圣伊波利特（1797—1881）的作品。

告诉我，今天是不是要去会
卡拉姆辛和卡拉姆辛娜?
随便什么时候我都等着你，
请为我的请求感动吧，
拉耶夫斯基，“当代的光荣”，
请你去他家喝一杯热茶。

致托尔斯泰[①]的斯坦司

年轻的哲人哪，你在逃避
饮酒作乐和人生的欢愉，
你瞧着年轻人的嬉戏总是
含着默默而冷峻的责备。

你舍弃人间愉快的玩乐，
偏要活得愁苦而寂寞，
你宁可舍弃贺拉斯的金杯，
却守着爱比克泰德[②]的灯火。

请相信吧，朋友，总有一天
你会垂头丧气地懊恼，
你会关注一条冷酷的真理，

---

① 雅可夫·托尔斯泰（1791—1867），绿灯社的领导人之一，“幸福同盟”成员。这首诗是对雅·托尔斯泰刊登在《绿灯》上的一首赠诗的回答。

② 爱比克泰德，古罗马哲学家，宣扬人的内在自由。参见本书《致丽达函》一诗的注释。

你会作许多无益的思考。

宙斯宠爱所有的凡人，
无论长幼都分发玩具，
可是在白发老人的头上，
疯狂的拨浪鼓却不会响起。

啊，青春一去不复返！
快呼唤那甜蜜的悠闲安逸，
那令人飘飘欲仙的爱情，
那令人飘飘欲仙的醉意！

把欢乐之杯一饮而尽，
日子要过得快乐而舒坦！
每一瞬间都听命于生活，
年轻时就该像个青年！

重　生

拙劣的画家糊里糊涂
拿起笔在天才的绘画上涂鸦，
在那上面胡乱地作起
他那幅全属非法的图画。

然而随着岁月的流逝，
异己的色彩碎鳞般剥落；
那天才的创作在我们面前
现出从前美妙的本色。

我那些迷误也是这样，
从疲乏不堪的心中消散，
于是那最初纯洁岁月的
幻象又在心灵中浮现。

致戈尔恰科夫公爵函

“时髦”的产儿，上流社会的朋友，
社会风习的卓尔不群的护卫者，
是你吩咐我离开那友爱的团体，
在那里，我这“美”的快乐崇拜者，
度过了前所未有的闲暇时刻；
像你一样，朋友，我涉世不深，
曾经沉醉于危险的人世浮华，
在那里消耗了生命、情感和安宁；
但在污浊的上流社会疯狂了一阵，
我回家去好好地休息了一下。
不过，我要说，那群快乐的公子哥儿
对于我来说，实在是百倍地可爱，
在那里，思想活跃，我思考自由，
在那里，可高声争论，气氛活泼，
在那里，我们都是“美”的朋友，
他们远胜那萎靡不振的一伙：
在那里，思想被迫保持沉默，

在那里，铁石心肠，让人吃惊，
在那里，布图尔林[1]成了愚人的立法者，
在那里，谢平[2]是沙皇，无聊是国王，
在那里，唯一的特点是同样浅薄。
我记得他们，那伙妄自尊大的人，
发疯般狠毒，高傲得忘了自爱，
我看透了时髦大厅里那伙暴君，
我不屑答理他们的赞扬和责怪。
当一个束紧腰带的浅薄将军
在一群笃信上帝的拉伊莎簇拥下，
厚颜无耻地讨好，看着大家，
对着专注而睡意蒙眬的美女，
吃力地用法语说着俏皮的恭维话，
在座的人有的打瞌睡，有的沉默，
有的捻着胡须，有的碰响马刺，
偶尔还有人微笑着打个哈欠，
这时，我的朋友，自由、酒神和缪斯
却在款待被遗忘的调皮孩子。
现在我已不再听见那些俏皮话、
对于政治的可笑窃窃私议，
不再看见老态龙钟的蠢材、
神圣的愚人、可敬的无耻之徒
和宫廷里矫揉造作的神秘主义。

---

① 布图尔林（1790—1849），彼得堡军官，有军史家之名。
② 谢平（1790—1874），彼得堡军官。

你就暂时离开那些显贵吧，
请来加入我的密友一伙，
啊，你啊，卡里忒斯的任性情人，
尖酸刻薄的饶舌鬼，可爱的讨好者，
你还是个不敬神的人，爱说俏皮话，
你还是个哲人，淘气的公子哥儿。

哀 歌

卡古尔河边庄严的古迹[①],
因沉浸于回忆而万分激动,
我怀着崇敬与忧伤的心情,
拥抱你威严的大理石方尖碑。
不是俄国人的英勇功勋,
不是献给女皇[②]的光荣
和报答,不是多瑙河畔的巨人
在今日令我热血沸腾……
…………
…………

---

① 卡古尔河是多瑙河的支流,1770 年 7 月,俄军在鲁缅采夫将军统率下大败土耳其军队,后来在此处立方尖碑作为纪念。下文的“多瑙河畔的巨人”即指鲁缅采夫。

② 原文为叶卡捷琳娜。

* * *[1]

拉伊莎，我爱你大胆而无所顾忌的顾盼，
无法抑制的热情和不加掩饰的欲望，
和那接连不断的热吻，
还有那充满情欲的言谈。
我爱你火热的芳唇发出的无言的呼唤，
那突发的富于刺激的热焰
…………

① 此诗是《鲁斯兰和柳德米拉》中的一段草稿。

* * *

不久前一个宁静的傍晚，
我散步来到我们的林子里，
在那边的小溪旁边橡树下，
我看见娜塔莎在那里小睡。
我的朋友们，你们可知道，
我走近娜塔莎，是那么静悄悄，
大胆地吻了她，一共有两次，
我那姑娘睡得可真好，
她红了脸，只轻轻叹了一口气；
我又吻了第三次……
这姑娘还是不想睁开星眼，
…………
可那时她已浑身颤栗。

一八一九年五月二十七日[①]

年轻的朋友们，让我们谨记
我们一生中这快乐的夜晚；
香槟清冽凉爽的玉液
嗞嗞作响在玻璃的酒盏。
我们畅饮着，维纳斯红着脸
和我们一起围坐在桌旁。
我四人何时能够再共享
这……香烟和琼浆？

① 这一天的聚会在卡维林的笔记中有过记载："谢尔比林、奥尔苏菲耶夫、普希金在彼得堡我家吃晚饭，香槟酒早在一昼夜前已预先冰镇，我那时的美人儿偶尔从身旁走过，我们邀请了她；天热得难受，大家请普希金赋诗一首以纪念我们这个夜晚；这就是那首诗；诗的原稿保存在我处。"

致曼苏罗夫[1]

曼苏罗夫，我的真挚的朋友，
　　戴上荆棘的花冠吧，
吸口气，一气干了这杯酒，
　　为了祝福克雷洛娃[2]。

请相信，她会忠实于你，
　　像那个少女拉西[3]，
她听从自己命运的处置，
　　也听从卡扎西女士[4]。

但不久她就会用幸运的手
　　脱去学生的花布衣，
躺在天鹅绒床上面对你
　　…………

---

① 曼苏罗夫（1795—1880），俄国军官。
② 克雷洛娃，芭蕾学校女生。
③ 拉西，法国芭蕾舞团女演员，曾在俄国演出。
④ 卡扎西，彼得堡戏剧学校总学监。

*　*　*

请让我向你敞开我的心扉，

在甜蜜的友谊之中汲取乐趣。

我感到生活的无聊，应酬的疲惫，

温柔的朋友，我渴望在你身边休憩……

你可记得，亲爱的，在我们年华的朝霞，

　　儿时的我们，已经懂得爱……

　　可它飞逝得那么快，那么快

　　…………

　在陌生人的圈子，不喜欢的去处，

　我很少欢乐，很少享受！

　我那些岁月的可悲开头

　早就使我厌倦和憎恶！

　我为什么活着？我生来不是为了福佑，

　我生来不是为了友谊，为了游戏。

　…………我逃避

　我冷漠地喝过情欲的毒酒。

* * *

不，不，你们无须抱怨，
我喜爱你们，我依然如故。
亲爱的朋友，我们的岁月
在飞逝，有如幽暗的晓雾，
有如小河流水的急促。
曾几何时，神秘的命运
赋予了我们生命之杯！
对于我们它还是满满当当；
让我们的嘴唇靠上杯子，
我们要痛饮爱情与喜悦；
这是我们的希望与欢愉，
…………
所有的迷误还充满新意，
我们要尽情地欢乐、成长，
但记忆在寻找复活的生机，
但心灵……在做着安详的梦，
它喜欢沉湎于往昔的追忆。

题斯图尔扎

我在斯图尔扎周围打转，
那是个手捧《圣经》的人，
我把斯图尔扎打量，
看出他是个保皇党。

致尤里耶夫[①]

好啊，尤里耶夫，命名日的主人！
好啊，尤里耶夫，近卫枪骑兵！
今天，一个遗世独立的人
将为你把冒泡的酒杯一饮而尽。
好啊，尤里耶夫，命名日的主人！
好啊，尤里耶夫，近卫枪骑兵！

好啊，诸位豪放的骑士，
你们都忠于爱情、自由与美酒！
希望之灯已为我们点起，
在座的诸位年轻盟友。
好啊，诸位豪放的骑士，
你们都忠于爱情、自由与美酒！

---

① 费·尤里耶夫（1796—1860），俄国绿灯社诗人，近卫枪骑兵团军官。此诗因庆贺尤里耶夫命名日和调入近卫枪骑兵团而作。诗行有缺损。

好啊，青春与欢乐，
桌上的高脚酒杯和……
带着爽朗的笑声，欲火
把我们这些醉汉带上床。
好啊，青春与欢乐，
桌上的高脚酒杯和……

* * *

一切都是幻象，浮云，
　一切都是污秽与垃圾；
只有酒杯与美人——
　才是生活的乐趣

　爱情和美酒
　我们都一样沉醉；
　没有了它们人就会
　觉得一生都无味。

我还要加上疏懒，
疏懒和它们是朋友；
我和它把爱情颂赞，
它为我斟满美酒。

*　*　*

亲爱的朋友，我徒然想掩饰
被欺骗的心中冷冷的涟漪，
你了解我——我已不再陶醉。
　　我已经不再爱你……
那痴迷的时刻已永远消逝，
　　那美好的时日已远去，
　　青春的欲望已消失，
　　心中的希冀已死去。

*　*　*[①]

“分清你的和我的，”拉封丹说，
“这就撕裂了世界的联系。”
可我不相信这句话：
世界会变成什么样，克利美娜，
如果你已经不是我的，
如果我已经不是你的？

① 此诗原文为法文。

断　章

*　　*　　*

我的亲爱的朋友，今儿
那个拉皮条的女人正等着
几个疯狂的花花公子，
巴克科斯和赫丘利。
巴克科斯将在家里恭候，
他在家里已经准备好
三瓶醇美可口的朗姆酒，
还有一桶…………

*　　*　　*

为了那几种老毛病，我受到命运的严惩，
有八天我备受折磨，肚子里灌满各种药，

血液里潜入了墨丘利[1]，我心里深深地悔恨，
我备受折磨，那是埃斯科拉庇俄斯的担保。

致亚·伊·屠格涅夫[2]

如今你拥有了全部的幸福，
你终于把宫廷侍从的钥匙[3]
和进入天堂的钥匙拴在一起。

* * *

千真万确！这是他！难道不是吗？
没有更像的了……

* * *

…………在装点着玫瑰花儿的帽子下
是袒开的胸脯，优雅的花边，
披巾搭在一边的香肩。

---

① 希腊神话中的亡灵接引神。
② 亚·伊·屠格涅夫被封为宫廷侍从，他于1819年4月2日将此消息写信告诉维亚泽姆斯基，其中引用了普希金写给他的三行诗。诗的下文不得而知。
③ 钥匙是宫廷侍从衣领上的标志。

致杰尼斯·达维多夫

能言善辩的鲁莽汉，
花花公子，热情似火的诗人。

* * *

你吩咐我对你袒开胸怀，
我这陌生人大胆表示了崇拜，
可是只有情欲把我主宰。

* * *

啊，列兹比亚[①]，请把灯盏
保留在宁静的爱恋的床边。

① 列兹比亚是罗马诗人卡图卢斯诗中的女主人公名字。此处用作虚构的年轻美女。

小叙事诗[1]

姑娘，你为何愁容满面，
　默默地变得如此安静，
你竟忘了环舞，孤单单
　一个人呆呆在一旁坐定？
“朋友们，没有什么趣事
　能叫命名日的主人高兴。
我想起用一首小小叙事诗
　把我们大家的幸福歌颂。
可茹科夫斯基已呼呼入睡，
　格涅季奇早已搁了笔，
普希金溜走了像个魔鬼，
　而克雷洛夫吃得太饱要休息。”

你瞧，客厅里筵席已摆好，

① 1819 年 5 月 2 日彼得堡公众图书馆馆长奥列宁为妻子奥列宁娜的生日举行家庭聚会，邀请几位诗人参加。会上由克雷洛夫出题，普希金写了这首诗。

我们大家都快点入席，
高脚酒杯里美酒在冒泡，
让我们写一首小小叙事诗；
你瞧这小小叙事诗已写就，
难道还需要什么诗人？
让我们一起干了这杯酒，
共祝愿姑娘永葆青春，
朋友们都热爱这位少女，
要爱她永远都不会太晚！
只要一直和她在一起，
我们也都会活过一百年。

一八二〇

（彼得堡）

致多丽达

我相信：她爱我，我须有这样的信心。
是的，我那好姑娘决不会虚情骗人，
一切都那么纯真：懒懒的欲望的热情，
羞答答的样子，卡里忒斯珍贵的馈赠[①]，
衣装和言谈是那么随意而且动人，
那甜蜜的名字透露着稚气的娇嫩。

① 卡里忒斯的馈赠指妩媚、优雅、美丽等品质。

题科洛索娃[①]

《爱斯黛》中的一切都令人倾倒：
对话是那样令人陶醉，
穿着紫红袍，步态庄重，
乌黑的鬈发在肩上低垂，
声音甜腻，目光含情，
画着一双浓黑的娥眉，
手臂搽着煞白的香粉，
还有那粗壮无朋的大腿！

① 这首诗是讽刺女演员科洛索娃的。科洛索娃 1819 年出演拉辛悲剧《爱斯黛》的主角。当时女演员谢苗诺娃也演过这个角色，对这两个演员的演技，戏剧界颇有争论，普希金明显倾向谢苗诺娃。后来科洛索娃与演员卡拉迪金结婚，改姓为卡拉迪金娜。

*　*　*[①]

战争我并不陌生，我喜爱刀剑的声音，
从幼年起我就向往着战斗的荣誉，
我喜欢战争那种血肉横飞的娱乐，
一想到牺牲我就从心里感到快慰。
在青春华年我就是自由的忠诚战士，
谁要是没有亲眼目睹沙场的死神，
他就不会亲身体味到极度的欢畅，
他也不配受到可爱的女性的亲吻。

① 这首诗显然是在听到西班牙革命事件的消息后写作的。

断　章

*　*　*

茹科夫斯基…………

…………

你真会胡闹，你又多么可爱，
你值得夸奖，又该受到指摘

*　*　*

当你在回忆的篇章中
看到这个容颜——
请你回想……
…………

一八一七—一八二〇

致丽拉

丽拉，丽拉，我饱受煎熬，
心中充满痛苦的思念，
我苦恼不堪，死期将到，
火热的情怀将变得冷淡。
然而我的爱却是枉然，
你当会笑我痴心不改，
你笑吧，丽拉：你仍然美艳，
虽然你的美缺少情爱。

做诗匠的经历

他的耳朵听到口哨已很
　　习惯，
他能一口气把一张白纸
　　涂满，
然后他就来朗读，折磨
　　听众，
再拿去发表——掉进忘川，
　　扑通！

献给 M 的情诗

啊，你们这些从未燃起爱火的人，
看她一眼，你们就会懂得爱情。
啊，你们这些对爱情死了心的人，
看她一眼，你们就会重燃爱心。

命名日[1]

再欢腾些，再快乐些吧；
请纵情歌唱，在这个良辰：
我们命名日的女主人拥有
全部友谊、优雅和青春。
在这个时刻，那长翼的孩子[2]
也在为你们祝福，朋友们，
他在暗暗思忖：我何时
也成为庆祝命名日的主人！

---

① 此诗系为造访皇村学校校长恩格尔哈特家而作。
② 指爱神。

致 K. A. Б ***

匆忙间我们如何用诗对她表白?

　　我最珍惜的只有真情。

我不假思索就会说:你最可爱;

　　再仔细一想,此话仍然公正。

题索斯尼茨卡娅[1]纪念册

您迷人的双眸饱含奇异的热情，
但您的心却能做到冷若冰霜。
谁要是爱您自然极其愚蠢，
但不爱您就更是百倍的愚妄。

① 索斯尼茨卡娅（1794—1871），俄国女演员。

致巴库宁娜

尽管我想竭尽所能为您效力，
但要歌唱您的命名日实在是无奈；
在圣叶卡捷琳娜节[①]您并不更美丽，
因为任何时候都没有人比您可爱。

① 巴库宁娜的名字是叶卡捷琳娜，此处借圣叶卡捷琳娜节指巴库宁娜的命名日。

题阿拉克切耶夫[①]

全俄罗斯的压迫者，
专给省长们出难题，
他还是议会的导师，
沙皇的朋友和兄弟。
生性恶毒而好报复，
头脑简单，寡廉鲜耻，冷酷无情，
他是谁？刚直不阿的忠臣[②]，
……一文不值的大兵。

① 阿拉克切耶夫（1769—1834），亚历山大一世时的陆军大臣。
② 阿拉克切耶夫家徽上的铭文。

题亚·尼·戈利岑公爵[1]

你是赫沃斯托娃[2]的庇护者，
你具有奴颜媚骨的品性，
你是教育事业的摧残者，
你是庇护班迪什[3]的神灵！
请大家看在上帝的分上，
从四面八方向他进攻！
怎不试试进攻他的后方？
那里最薄弱，能使他致命。[4]

---

① 亚·尼·戈利岑（1773—1844），俄国宗教与教育大臣，神秘教派的庇护者。

② 赫沃斯托娃（1768—1853），一个神秘教派沙龙的女主人。

③ 班迪什-卡明斯基（1778—1829），外交事务委员会委员，他和戈利岑的一种恶癖有关。

④ 指戈利岑的恶癖。

致尼姆福多拉·谢苗诺娃[1]

谢苗诺娃，我愿成为你的一床被，
或者你床上的一只小狗，
　　或者是巴尔科夫[2]中尉，
　　啊，他这个中尉！啊，骗子手！

---

① 尼·谢苗诺娃（1788—1876），歌剧演员，主要靠姿色走红。
② 德·尼·巴尔科夫（1796—1850），戏剧爱好者，绿灯社成员。

忠　告

让我们尽情地饮宴与欢乐，
让我们拿人生来做游戏，
让凡夫俗子们去奔波忙碌，
仿效疯女人不是我们的事。
让我们轻狂浮躁的青春
沉溺在安逸与美酒之中，
让那早已逝去的欢乐
向我们微笑，哪怕是幻梦。
当青春年华如轻烟一般
带走青春时代的欢娱，
我们就能向老年夺取
一切能向它夺取的东西。

你和我[①]

你是个富豪，我是个穷汉，
你是个散文家，我是个诗人，
你脸色红润得像朵罂粟花，
我面黄肌瘦，活像个死神。
你一生没有什么要操劳，
住在巍峨高大的宫殿，
我却在痛苦与劳碌中生活，
在干草上度过一天又一天。
你每天享受山珍海味，
畅饮美酒，优游而舒服，
你连把食物还给大自然
也常常偷懒，让“债台高筑”；
我吃的是又干又硬的面包，
喝的是淡而无味的生水，
为了要众所周知的“方便”，

① 这首诗是针对亚历山大一世写的。

得从阁楼跑上百来米。
你在一群奴仆伺候之下，
露出专横暴戾的目光，
拿起一块块细洁的棉布，
把肥大的臀部来一次扫荡；
我对付那罪过的小窟窿，
不拿孩子时髦玩意儿伺候，
而拿赫沃斯托夫粗硬的颂诗
一擦，虽然要皱起眉头。

给茹科夫斯基的留言[1]

向上尉，向歌德，向格雷，
向汤姆逊，向席勒致敬！[2]
很荣幸能向他们鞠躬，
但我由衷地感到遗憾，
因为他们总不在家中。

① 有一次普希金去拜访茹科夫斯基，未遇，便在门上留下这首诗。
② 在 1812 年卫国战争中，茹科夫斯基当过上尉。他译过上述作家的作品，因此普希金用这些作家的名字称呼茹科夫斯基。

善良的人

你说得对，菲尔斯夫子很讨厌，
他是个学究，古怪而傲慢——
他一本正经地谈天说地，
其实他只是一知半解。
我喜欢你，帕霍姆邻居，
你只是有点傻，真要对上帝说谢谢。

题杰尔维格肖像[①]

就是这位杰尔维格反复指出，
如果命运把尼禄和提图斯交到他手里，
他会用剑刺杀提图斯而不是尼禄，
因为没有他，尼禄也会知道怎么死。

① 普希金是在雅科夫列夫为杰尔维格所作肖像上题这首诗的。尼禄（37—68）和提图斯（39—81）都是古罗马皇帝。

题恰达耶夫肖像

上天的最高旨意注定
他生来要为沙皇而战；
在罗马他会成为布鲁图①，在雅典会成为伯里克利②，
在这里他不过是骠骑兵军官。

① 布鲁图（约前 85—前 42），古罗马政治家，反对恺撒的主谋者，主张恢复共和政体。
② 伯里克利（约前 495—前 429），雅典统帅。

题阿拉克切耶夫

在京城他是个军士，在楚古耶夫[①]是尼禄：
无论在哪里，他都该受灿德[②]的匕首惩处。

① 楚古耶夫，俄国地名，1819年7月曾发生兵变，阿拉克切耶夫亲自前去镇压。
② 灿德，德国大学生，因刺死德国反动作家科策布被处死。

* * *[1]

我们要让善良的公民乐一乐，
我们就在那根耻辱柱
用一条水龙带绞死那个
末代沙皇的末代神父。

① 这首诗是法国诗（一般认为是狄德罗所作）的意译，曾以手抄形式广泛流传。

一八二〇

（南方）

* * * [1]

照耀白昼的星球熄灭了，

黄昏的薄雾在湛蓝的海上荡漾。

呼呼地响吧，响吧，顺风的帆，

在我脚下翻腾吧，阴沉的海洋。

我看见那渐渐远去的海岸，

那令人陶醉的南方大陆的土地；

我的心怀着激情和惆怅飞往那边，

沉醉于往事的美好回忆……

我感到眼眶里又涌出了泪水；

我的心在激荡，时时收紧；

熟稔的梦幻在我周围翩翩翱翔；

我想起往日那神魂颠倒的爱情，

我为之痛苦和感到温暖的一切，

原是希冀和心愿在把人折磨欺诳……

---

① 这首哀诗写于费奥多西亚到古尔祖夫途中。普希金在给他弟弟的信中曾写道："我们在大海上航行，经过塔夫里达的南岸到古尔祖夫……夜里我在船上写了一首哀诗。"

呼呼地响吧，响吧，顺风的帆，
在我脚下翻腾吧，阴沉的海洋。
飞驶吧，大船，把我带往遥远的天涯，
沿着这凶险的大海，滔天的狂澜，
只是别把我带到我那
烟雾迷茫的祖国的悲凉海岸，
在那里，我的内心第一次
燃起爱情的炽烈火焰，
在那里，多情的缪斯悄悄对我微笑，
在那里，我那失去的青春
早早就在风暴中凋残，
在那里，无忧无虑的欢乐背弃了我，
把我一颗冰冷的心交给了哀伤。
为了寻求另一种情感，
我离开了你，祖国的河山；
我离开了你，惯于享乐的人，
短暂青春时代里的短暂友伴；
还有你们，罪恶的迷津中的女人，
我没有给你们爱情，却牺牲了自己，
牺牲了我的宁静、名誉、自由和心灵，
我已把你们忘记，负心的妙龄少女，
我的黄金般春天里的秘密友伴，
我已把你们忘记……但心灵中往日的巨痛
却难以平复，连同那爱情的深刻的创伤……
呼呼地响吧，响吧，顺风的帆，
在我的脚下翻腾吧，阴沉的海洋……

*　*　*[①]

啊，她为什么只焕发出
如此短暂而娇嫩的美？
正当蓬勃的青春年华，
她却在明显地凋萎……
在凋萎啊，她已不能长久
享用这青春的生机，
她也不能长久地
为幸福的家增添乐趣，
用生动有趣的俏皮话
使我们谈笑风生，
用娴静开朗的胸怀
温暖苦命人的心灵。
我掩藏着心头的悲痛，
忧心如焚地赶去见面，

① 这首诗一般认为是为尼·拉耶夫斯基将军的女儿叶莲娜而写的，当时她患结核病，但更有可能是为叶莲娜的姐姐叶卡捷琳娜写的，拉耶夫斯基一家因叶莲娜的病迁往克里米亚。

仔细听她的谈笑，
好好地看她一眼。
我看着她的每一举动，
我听着她的每一声音，
那生离死别的一刻
真使我五内俱焚。

致***

为何要以不祥的思虑
去滋养那为时过早的忧愁，
在胆怯的颓丧之中预期
不可避免的痛苦分手？
痛楚的日子已经逼近！
你将孤零零一个人独自
在空旷野地的寂静之中
追忆那被你失去的往日。
到那时，你这不幸的人啊，
你得准备用流放和坟茔
去换取亲爱少女的一句话，
哪怕是她轻轻的脚步声。

我不惋惜你

我不惋惜你，我的青春的岁月，
你在枉然的爱情的梦想中流逝；
我不惋惜你，啊，夜晚的欢乐，
虽然芦笛为你歌唱得那么甜蜜；

我不惋惜你，不忠实的朋友，
宴会的花冠和盛满琼浆的酒杯；
我不惋惜你，背信弃义的女郎，
我默默无言，不再于欢乐中陶醉。

但你又在何处，满怀年轻人的希望、
心境的宁静和被柔情感动的时刻？
昔日的热情、灵悟的眼泪又在何处？……
重新回来吧，我的青春岁月！

* * *[1]

我见过亚洲那些贫瘠的疆域，
遥远的高加索边陲，晒焦的谷地，
野地里切尔克斯马群的畜棚，
波德库莫克河暑热的河岸，云烟
飞卷缭绕的荒无人烟的山峰，
　　还有库班河西岸的平原！
令人震惊的神奇的地方！滚烫的溪水
　　在灼热的岩石之间激荡，
　　带给人间幸福的清漪！
为疾病所困扰的人们的可靠希望。
　我看见，在奇妙泉水的岸边，
被爱神判定要经历秘密的苦难，
一些戒绝饮宴的萎靡青年，
一些过早拄着拐杖的荣军，
还有些白发苍苍的龙钟老人。

① 此诗为回忆 1820 年 6—8 月高加索之行时所作。

* * *[①]

为了诗人的桂冠请忘掉你的药箱，
可是别毒死病人，而让健康人安眠。

① 这是为护送拉耶夫斯基一家赴南方的医生鲁迪科夫斯基所写的一首讽刺短诗。鲁迪科夫斯基喜欢写诗，但写得不好。

致卡拉格奥尔基[1]的女儿

新月[2]的灾难，自由的战士，
神圣的鲜血将全身染红，
你非凡的父亲是罪人，亦是英雄，
他让人惧怕，也赢得了荣誉。
他抚爱过你这年幼的小女，
用染血的手把你抱在火热的胸前；
那把短剑是你的玩具，
用刺杀兄弟将它磨炼。
多少次，他胸中燃起狂暴复仇的火焰，
默默地俯身在你纯洁无瑕的摇篮上，
心中暗暗筹划着新一轮杀人的方案，
同时又倾听着你的儿语，心中没少欢畅！
他是这样一个人：阴沉，可怕至极。

① 卡拉格奥尔基（1768—1817），一译卡拉乔治，绰号黑格奥尔基，塞尔维亚反对土耳其奥斯曼统治的起义（1804—1813）领导者，曾大义灭亲，杀害自己的父亲和兄弟。起义失败后，曾在离基什尼奥夫不远的霍京居住。（参阅普希金《西斯拉夫之歌 · 罪人格奥尔基之歌》。）

② 指信奉伊斯兰教的土耳其，新月系土耳其的象征。

而你，美丽的少女，却用安分的一生
面对苍天抵偿父亲动荡的一世：
　　她像一缕馥郁的香烟，
　　又像挚爱的纯情祈祷
从可怕的坟茔悠悠忽忽飘上云天。

题维亚泽姆斯基肖像

命运本想在他身上显示自己的厚礼，
却在这个宠儿身上错误地集中
财富、显贵门第和出类拔萃的智慧，
此外还有敦厚的品性和尖刻的笑容。

黑色披肩
（摩尔多瓦歌谣）

我望着那黑色披肩，就像丢了魂，
悲哀正在咬噬我冰凉的心。

从前我年轻的时候是那么轻信，
我狂热地爱过一个希腊女人；

这迷人的姑娘对我温存抚爱，
可是不幸的一天却很快到来。

有一次我邀来许多快乐的客人，
一个可憎的犹太人也跑来敲门；

他轻声说："你还在这里和朋友畅饮，
可那希腊女人却对你变了心。"

我斥骂他几句，给了他一点儿赏银，

立即叫来了我那忠实的仆人。

我们出了门，我骑着快马驰去，
温柔的怜悯在我心中已销声匿迹。

我刚刚看见那希腊女人的门扉，
眼前便发黑，浑身没有了力气……

我独自闯入她那僻静的闺房……
一个亚美尼亚人正吻着不忠的姑娘。

我一阵晕眩，宝剑铮地响了一声，
那流氓的嘴唇还吻着希腊女人。

我久久践踏着那具无头的尸体，
脸色煞白，默默地瞧着那少女。

我还记得她的哀求……流淌的鲜血，
希腊女人死了……爱也跟着熄灭！

我从她头上拉下黑色披肩，
用它无言地擦拭染血的宝剑。

当夜幕降临的时候，我的仆人
往多瑙河抛下他们两人的尸身。

从那时起，我再没有吻过迷人的眼睛，
从那时起，我再没有消受夜晚的欢情。

我望着黑色披肩，就像丢了魂，
悲哀正在咬噬我冰凉的心。

* * *

一旦你在写作上装糊涂，
那时你定会很容易通过
我们那针眼般的书刊检查，
就像走进上帝的天国。

致卡切诺夫斯基[①]

猪猡尼奥斯，顽固的谩骂老手，
躲在阴暗的灰堆里，在轻蔑中白了头，
闭嘴吧，朋友！在杂志里吵闹攻击
和愚蠢烦人地诽谤又有何益？
糊涂虫会笑嘻嘻，说你是在恶作剧，
明眼人会打哈欠，说你愚蠢无知。

① 卡切诺夫斯基是《欧罗巴导报》主编，有希腊血统，普希金称他为“猪猡尼奥斯”，暗指此事（“猪猡尼奥斯”是由俄文的“猪猡”和希腊人名字的后缀“尼奥斯”合成的一个词）。当时《欧罗巴导报》发表了一篇文章攻击普希金的长诗《鲁斯兰和柳德米拉》，普希金误以为是卡切诺夫斯基所作。

讽刺短诗

你怎么还没有骂够!
我已经和你清了账:
好吧，就算我无所事事，
你可是个地道的懒汉。

讽刺短诗[①]

他曾经长久沉溺于
阴暗和可鄙的生活，
长期以他的放荡
玷污世界各角落。
可是他已有点悔意，
他开始将耻辱抹去，
现在他，感谢上帝，
只在牌桌上作弊。

① 此诗系针对原近卫军军官费·伊·托尔斯泰（1782—1846）而作。普希金流放南方时，认为费·托尔斯泰散布对他的谣言，后两人关系有所转变。

涅瑞伊得斯[①]

碧波翻卷，亲吻着塔夫里达[②]海岸，
涅瑞伊得斯在晨光熹微中出现。
我躲藏在树丛之中，屏息静气：
潋滟的波光中浮出了海中仙女。
年轻的胸脯天鹅般洁白娇柔，
她从满头秀发中挤出一股清流。

① 希腊神话中的海中仙女。
② 克里米亚的古称。

＊　＊　＊[①]

渐渐稀疏了，飞卷的白云，
凄凉的星星，黄昏的星星！
你把银辉洒向凋萎的平原、
瞌睡的河湾和漆黑的山巅。
我爱你在天穹高处的微光；
它唤醒我心中沉睡的思想：
熟稔的星辰，在那宁静的国土，
我记得你怎样升起，那里的景物
多么亲切，山谷中白杨拔地而起，
柔弱的香桃木、葱郁的柏树在瞌睡，
南方的波浪在甜蜜地喧响，
我满怀心中的忧思，在那边山上，
对着大海，苦度颓唐的时日，

① 这首诗写于卡敏卡村，开头描写的是佳斯敏河岸的景色，最后两行写的是叶卡捷琳娜·拉耶夫斯卡娅。

每当黑夜的影子爬上村头的屋子——
那年轻的姑娘便在夜色中寻找你，
用自己的名字来称呼她的伴侣。

题福蒂[1]

半是狂热的教士，半是骗子，
诅咒、宝剑、鞭子和十字架
是他精神迫害的武器。
主啊，对我们这些罪人，
求你少赐给这样的牧师——
他有点糊涂，还有点神圣。

① 福蒂（1792—1838），修士大司祭，亚历山大一世时期的教士。本诗首次发表在柏林 1861 年版《普希金诗选（补遗）》，一般认为系普希金所作。